琼瑶作品
15
如烟辑

华语世界
深具影响力作家

琼瑶

著

雪珂

CTS
PUBLISHING MEDIA
★★★★★★
湖南文艺出版社
HUNAN LITERATURE AND ART PUBLISHING HOUSE

博集天卷
CS·BOOKY

我为爱而生，我为爱而写
文字里度过多少春夏秋冬
文字里留下多少青春浪漫
人世间虽然没有天长地久
故事里火花燃烧热情依旧

　　　墨谣

浴火重生的新全集

　　我生于战乱，长于忧患。我了解人事时，正是抗战尾期，我和两个弟弟，跟着父母，从湖南家乡，一路"逃难"到四川。六岁时，别的孩子可能正在捉迷藏，玩游戏。我却赤着伤痕累累的双脚，走在湘桂铁路上。眼见路边受伤的军人，被抛弃在那儿流血至死。也目睹难民争先恐后，要从挤满了人的难民火车外，从车窗爬进车内。车内的人，为了防止有人拥入，竟然拔刀砍在车窗外的难民手臂上。我们也曾遭遇日军，差点把母亲抢走。还曾骨肉分离，导致父母带着我投河自尽……这些惨痛的经历，有的我写在《我的故事》里，有的深藏在我的内心里。在那兵荒马乱的时代，我已经尝尽颠沛流离之苦，也看尽人性的善良面和丑陋面。这使我早熟而敏感，坚强也脆弱。

　　抗战胜利后，我又跟着父母，住过重庆、上海，最后因内战，又回到湖南衡阳，然后到广州，一九四九年，到了台湾。那年我十一岁，童年结束。父亲在师范大学教书，收入微薄。我和弟妹们，开始了另一段艰苦的生活。我也在这时，疯狂地吞咽着让我着迷的"文字"。《西游记》《三国演义》《水浒传》……都是这时看的。同时，也迷上了唐诗宋词，母亲在家务忙完后，会教我唐诗，我在抗战时期，就陆续跟着母亲学了唐诗，这时，成为十一二岁时的主要嗜好。

十四岁，我读初二时，又迷上了翻译小说。那年暑假，在父亲安排下，我整天待在师大图书馆，带着便当去，从早上图书馆开门，看到图书馆下班。看遍所有翻译小说，直到图书馆长对我说："我没有书可以借给你看了！这些远远超过你年龄的书，你通通看完了！"

爱看书的我，爱文字的我，也很早就开始写作。早期的作品是幼稚的，模仿意味也很重。但是，我投稿的运气还不错，十四岁就陆续有作品在报章杂志上发表，成为家里唯一有"收入"的孩子。这鼓励了我，尤其，那小小稿费，对我有大大的用处，我买书，看书，还迷上了电影。电影和写作也是密不可分的，很早，我就知道，我这一生可能什么事业都没有，但是，我会成为一个"作者"！

这个愿望，在我的成长过程里，逐渐实现。我的成长，一直是坎坷的，我的心灵，经常是破碎的，我的遭遇，几乎都是戏剧化的。我的初恋，后来成为我第一部小说《窗外》。发表在当时的《皇冠杂志》，那时，我帮《皇冠杂志》已经写了两年的短篇和中篇小说，和发行人平鑫涛也通过两年信。我完全没有料到，我这部《窗外》会改变我一生的命运，我和这位出版人，也会结下不解的渊源。我会在以后的人生里，陆续帮他写出六十五本书，而且和他结为夫妻。

这世界上有千千万万的人，每个人都有自己的一本小说，或是好几本小说。我的人生也一样。帮皇冠写稿在一九六一年，《窗外》出版在一九六三年。也在那年，我第一次见到鑫涛，后来，他告诉我，他一生贫苦，立志要成功，所以工作得像一头牛，"牛"不知道什么诗情画意，更不知道人生里有"轰轰烈烈的爱情"。直到他见到我，这头"牛"突然发现了他的"织女"，颠覆了他的生命。至于我这"织女"，从此也在他的安排下，用文字纺织出一部又一部的小说。

很少有人能在有生之年，写出六十五本书，十五部电影剧本，二十五部电视剧本（共有一千多集。每集剧本大概是一万三千字，虽有助理帮助，仍然大部分出自我手。算算我写了多少字？）。我却做到了！对我而言，写作从来不容易，只是我没有到处敲锣打鼓，告诉大家我写作时的痛苦和艰难。"投入"是我最重要的事，我早期的作品，因为受到童年、少年、青年时期的影响，大多是悲剧。**写一部小说，我没有自我，工作的时候，只有小说里**

的人物。我化为女主角，化为男主角，化为各种配角。写到悲伤处，也把自己写得"春蚕到死丝方尽"。

写作，就没有时间见人，没有时间应酬和玩乐。我也不喜欢接受采访和宣传。于是，我发现大家对我的认识，是："被平鑫涛呵护备至的，温室里的花朵。一个不食人间烟火的女子！"我听了，笑笑而已。如何告诉别人，假若你不一直坐在书桌前写作，你就不可能写出那么多作品！当你日夜写作时，确实常常"不食人间烟火"，因为写到不能停，会忘了吃饭！**我一直不是"温室里的花朵"，我是"书房里的痴人"！因为我坚信人间有爱，我为情而写，为爱而写，写尽各种人生悲欢，也写到"蜡炬成灰泪始干"。**

当两岸交流之后，我才发现大陆早已有了我的小说，因为没有授权，出版得十分混乱。一九八九年，我开始整理我的"全集"，分别授权给大陆的出版社。台湾方面，仍然是鑫涛主导着我的全部作品。爱不需要签约，不需要授权，我和他之间也从没签约和授权。从那年开始，我的小说，分别有繁体字版（台湾）和简体字版（大陆）之分。因为大陆有十三亿人口，我的读者甚多，这更加鼓励了我的写作兴趣，我继续写作，继续做一个"文字的织女"。

时光匆匆，我从少女时期，一直写作到老年。鑫涛晚年多病，出版社也很早就移交给他的儿女。我照顾鑫涛，变成生活的重心，尽管如此，我也没有停止写作。我的书一部一部地增加，直到出版了六十五部书，还有许多散落在外的随笔和作品，不曾收入全集。当鑫涛失智失能又大中风后，我的心情跌落谷底。鑫涛靠插管延长生命之后，我几乎崩溃。然后，我又发现，我的六十五部繁体字版小说，早已不知何时开始，已经陆续绝版了！简体字版，也不尽如人意，盗版猖獗，网络上更是凌乱。

我的笔下，充满了青春、浪漫、离奇、真情……各种故事，这些故事曾经绞尽我的脑汁，费尽我的时间，写得我心力交瘁。我的六十五部书，每一部都有如我亲生的儿女，从孕育到生产到长大，是多少朝朝暮暮和岁岁年年！到了此时，我才恍然大悟，我可以为了爱，牺牲一切，受尽委屈，奉献所有，无须授权……却不能让我这些儿女，凭空消失！我必须振作起来，让这六十几部书获得重生！这是我的使命。

所以，在我已进入晚年的时候，我的全集，再度重新整理出版。在各大出版社争取之下，最后繁体版花落"城邦"，交由春光出版，简体版是"博集天卷"胜出。两家出版社所出的书，都非常精致和考究，深得我心。这套新的经典全集，非常浩大，经过讨论，我们决定分批出版，第一批是"影剧精华版"，两家出版社选的书略有不同，都是被电影、电视剧一再拍摄，脍炙人口的作品。然后，我们会陆续把六十多本出全。看小说和戏剧不同，文字有文字的魅力，有读者的想象力。希望我的读者们，能够阅读、收藏、珍惜我这套好不容易"浴火重生"的书，它们都是经过千锤百炼、呕心沥血而生的精华！那样，我这一生，才没有遗憾！

瓊瑤

写于可园

二〇一七年十一月十日

她活过，她有过，她爱过……

最重要的是，她是这样深深地"被爱"着！

人生一世，追寻的不就是这个吗？

能这样强烈地感觉着"爱"与"被爱"，

这世界实在太美好了！

目 录

Contents

雪 珂

壹

ONE

———————————

枫叶经霜才会红，梅花经雪才能香！雪中之玉，必能耐寒！

　　清宣统二年，北京城郊。

　　草原上是一片厚厚的积雪，风呼啦啦地吹着，大片大片的雪花在空中肆意地飞舞，远山远树，全笼罩在白茫茫的风雪中。

　　除了风雪，草原是寂寞的、荒凉的。

　　突然间，两匹瘦马拉着一辆破马车，在车夫高声的吆喝下，呼啦啦地冲进了这片苍茫里。

　　"快啊！跑啊！得儿，得儿，赶啊！"车夫嚷着。

　　车内，雪珂紧偎着亚蒙，两人都穿着蓝色布衣，在颠簸震动中，两人都显得又疲倦又紧张。

　　"冷吗，雪珂？"亚蒙关怀地低下头来，把棉毡子往上拉，试图盖住微微发抖的雪珂。他紧紧地凝视着她，眼底是无尽的怜惜，"对不起，要你跟着我受这种苦，可是，我们越走远一点，就越安全一点，只要逃到天津，上了船，我们就真正自由了，嗯？"他的手臂，牢牢地箍住了她，声音低沉而充满歉意，"让我用以后所有所有的岁月，来补偿你，报答你对我的这片心！"

雪珂在棉毡下，找着了他的手，握紧，再握紧。

"为什么要这么说呢？"她迎视着他的目光，"为什么要说补偿、报答这种见外的话呢？我们已经是夫妻了，是不是？你是我的丈夫呀！天涯海角，我该跟着你走！"

是的，丈夫。

那天，在卧佛寺旁边的小偏殿里，翡翠把着风，他们两个，没有父母之命，没有媒妁之言，没有迎亲队伍，没有花轿，没有凤冠霞帔，没有爆竹烟火，只有两腔炽热的诚意和生死不渝的爱情！他们双双一跪，先拜天地。

"我顾亚蒙，今天愿娶雪珂为妻，今生今世，此情永不改、此心永不变，皇天在上，后土在下，天地为证，神明为鉴！"他说。

"我雪珂，今日愿嫁亚蒙为妻，今生今世，生相随，死相从，皇天在上，后土在下，天地为证，神明为鉴！"她说，故意略掉了那冗长的姓氏。

说完，两人磕下头去，虔诚地拜了天地，再拜佛像，然后，夫妻交拜。

拜完，两人眼里竟都闪着泪光。亚蒙将她的手一握，哑着嗓子说："从今以后，没有什么满人汉人之分，没有什么格格平民之分，只有丈夫和妻子之分了！"

　　是的，只有丈夫和妻子之分了！这从小就认识，却生活在两个截然不同的世界中的亚蒙和雪珂，终于在彼此的誓言中，完成了他们自认为最神圣的婚礼。

　　马车忽然停了。

　　雪珂一震，整个人惊跳起来。

　　"怎么停车了？怎么停车了？"她惊慌地问。

　　"别慌，别慌！"亚蒙急忙拍抚着她，"到了一个驿站，车夫说牲口受不了，要吃点东西，休息一下。你怎样，要不要下车去走走，活动活动呢？"

　　"我不要，"她不安地说，隐隐地害怕着。为什么要停车呢？只有不停地飞奔才能逃离危险呀！"我就在车里等着！"

　　"那么，我去帮你端碗热汤来，好歹吃点东西！"亚蒙不由分说地跳下车子，向那简陋的小木屋走去。

　　雪珂心中的不安在扩大。掀开车后的棉布帘子，她往外面望去，怎么有一团雪雾夹着灰尘，风卷云涌地向这儿翻滚而来？难道天上的乌云全坠落到地上去了吗？那轰隆隆滚过大地的声音是雷声吗？她定睛细看，心惊胆战。

　　亚蒙端着碗热汤过来了。

　　"刚熬出来的小米粥，还有两个窝窝头……"

"亚蒙！"雪珂颤声喊，"快上车！快！"

亚蒙对远方的隆隆声看去，烟尘滚滚中，已看出是一队人马，正迅速如风地卷过来。

"车夫！车夫！"亚蒙放声大叫，手中的小米粥窝窝头全落了地，"你快出来，我们要赶路了！"

车夫没出来，那队人马却来得像闪电。

雪珂面如白纸，对正上车的亚蒙用力一推。

"亚蒙，快逃！你快逃！我爹他追来了！他不会饶你的！你快躲到山里去！去……去……"

"不成！"亚蒙大嚷，"我们都发过誓，生相从，死相随，我们不能分开！"

亚蒙说完，一个飞跃就上了马车的驾驶座，一拉马缰，马鞭挥下，两匹瘦马仰天长嘶了一声，撒开四蹄往前奔去。

车夫闻声奔出，大惊失色地喊着："哎呀！小兄弟！你回来！回来！你怎么抢我的马和马车呀？"

亚蒙顾不得车夫，只是不停地挥鞭，瘦马不情不愿地往前奔着。雪珂在车内紧抓着车杠，一面不住回头张望，那队人马已越来越近，越来越近，越来越近……近得已经看到领先的那一马一骑：颐亲王亲自追来了！他狂挥着马鞭，那匹来自蒙古的黄骠马又高又大，四蹄翻溅着雪花……

"亚蒙！来不及了！亚蒙……"雪珂喊着。

"追啊！"王爷马鞭往前一指，随从一拥而上，"给我把那辆马车拉住！"

车在奔，马在奔，距离越来越近。

终于，四匹快马越过了马车，几个大汉直跃过来，伸手夺过马缰，一切快得像风、像电……

车停了，马停了。

雪珂瞪大了眼睛，重重地喘着气。

唰的一声，马车的帘子被整个儿扯落。

雪珂苍白着脸，抬起头来，看着面前那无比威严，又无比愤怒的脸孔，战栗地喊出一声："爹……"

颐亲王府里，这晚灯火通明。

侍卫分站大厅四周，戒备森严，丫头仆佣，一概不准进入大厅。厅内，王爷面罩寒霜，凝神而立。

地上，一排跪着三个人，雪珂、亚蒙，还有雪珂的奶妈——也就是亚蒙的生母——周嬷。雪珂脸色惨白，满面风霜，一身荆钗布裙，看来既憔悴又消瘦。亚蒙神色凛然，年轻的脸庞上有着无惧的青春，虽然也是风尘仆仆，两眼却依然炯炯有神。而周嬷，早已吓得魂飞魄散，对她来说，整个世界粉碎也不会比现在这种局面更糟：天哪！她的独生儿子亚蒙，竟敢拐带颐亲王府里唯一的格格！天哪！这是诛灭九族的滔天大罪呀！

雪珂的生母情柔福晋，手足无措地站立在王爷身边，怎么办？怎么办？她望着地上那穿着破棉袄、系着蓝布头巾的雪珂，又惊又痛又害怕。这是她的雪珂吗？她唯一的女儿！她最心爱的女儿！可能吗？她凝视雪珂：这孩子才十七岁呀！怎会做出这么惊天动地的事情来？雪珂看来好陌生，她直挺挺地跪着，大睁着一对燃烧般的眼睛。这对眼睛里没有害羞，也没有后悔，只有种不顾一切的、令人心悸的狂热。

厅内有五个人，却无比地寂静。

忽然间，唰的一声，王爷拔出了腰间长剑。

剑一出鞘，室内的四个人全都一震。王爷杀气腾腾地瞪着亚蒙，咬牙切齿地说："顾亚蒙！今天我不把你碎尸万段，实在难泄我心头之恨！你小小年纪，好大的狗胆！"

亚蒙还来不及说什么，周嬷已连滚带爬地扑过去，拦住了王爷，她如捣蒜般地磕下头去，泪水疯狂地爬了满脸，她战栗地嚷着："王爷开恩，王爷饶命！亚蒙带格格私奔，自是罪该万死，但是，请您看在我身入王府十几年来的情分上，饶他不死吧！王爷！王爷！"她死命拽住王爷的衣袖，泣不成声了，"顾家只有亚蒙这一个儿子，求求您，网开一面，给顾家留个后，如果你一定要杀，就杀了我吧！都是我教导无方，才让亚蒙闯下这场大祸！"

"不！"跪在地上的亚蒙，突然激动地昂起头来，傲然地大声说，"一切与我娘没有关系，她完全不知情！请王爷放掉我娘，我任凭王爷处置……"

"你还敢大声说话！"王爷怒吼，瞪视着亚蒙，"你勾引格格，让我们颐亲王府蒙上奇耻大辱，你们母子两个我一个也不饶！"

王爷举剑，福晋凄然大喊："王爷！手下留情啊！"

说着，福晋忘形地急忙用双手去握住王爷的手。

"你拦我怎的？"王爷甩开福晋，大吼着说，"他毁了雪珂的名节，消息传出去，让罗家知道了怎么办？明年冬天，雪珂就要嫁进罗家了呀！"

王爷越说越气，提起剑来就对亚蒙刺去。雪珂大惊失色，想也不想合身一扑，紧紧地抱住了亚蒙。王爷吓得浑身冷汗，在福晋、周嬷、亚蒙同声惊喊中，硬生生地抽剑回身，虽是这样，已把雪珂的棉袄划破，露出里面的棉胎。雪珂一抬头，大眼睛直盯着王爷，凄烈地喊："爹要杀他，得先杀了我！"

王爷又惊又怒，剑是抽回来了，气愤却更加狂炽，一抬手，他用手背对雪珂直挥过去，啪地打在她面颊上，力道之猛，使她摔滚在地，半天都动弹不得。

"不知羞耻！你气死我了！"

"王爷！"亚蒙情急地大喊，"所有的错，都是我一个犯的，请不要伤了雪珂！"

"王爷王爷！"福晋哭着去抓王爷的衣袖，"要杀雪珂，不如先杀我！"

"王爷啊！"周嬷更是磕头不止，泪如雨下，"让我这个老太婆来顶一切的罪吧！我已经活到四十五岁，死不足惜，格格和亚蒙他们还年轻呀！"

"够了！"王爷大喊，"都给我住口！"

大家都住了口，王爷盯着亚蒙，目眦尽裂。雪珂见王爷眼中杀气腾腾，再也按捺不住，忍耐着面颊的疼痛，她爬了过来，双手紧紧握住父亲持剑的手，悲切地喊："爹，请你听我说，我和亚蒙已经成亲了呀！"

"一派胡言！"王爷更怒了。

"真的，爹！我们在卧佛寺里拜了天地，有菩萨作为见证！我们是真心诚意地结婚了！或者，这个婚礼是你无法承认的，但是对我们而言，它比任何盛大的婚礼都更加神圣！亚蒙，他是我今生唯一的丈夫了！"

"胡说八道！"王爷怒喊，简直感到不可思议，"你疯了吗？你贵为皇族，身为格格，已经订了婚约，你居然会受一个下等人的愚弄和欺骗？你……怎么如此自甘下贱！"

"不！不是这样的！"雪珂嚷着，"他不是下等人，他是我的丈夫！爹，娘，你们的心难道不是肉做的吗？请你们成全我们吧！你们必须这么做，因为我已经没有退路，我再也不能嫁给罗家了，我……"雪珂深吸了口气，鼓足勇气嚷了出来，"我已经怀了亚蒙的孩子！"

哐当一声，王爷手中的长剑落地，他趔趄着后退跌坐在椅子里，双眼都瞪直了。

福晋骇然，周嬷也呆住了。

半晌，王爷跳了起来，纷乱地大喊："来人！来人呀！给我把周氏母子关进黑房里去！翡翠，秋棠，兰姑，你们把雪珂押回卧房里，守住房门，一步也不许她跨出去！"

雪珂哭了一夜，到早上泪已流干，筋疲力尽。秋棠、兰姑紧守着房门，翡翠衣不解带地在床边服侍着，真心实意地劝解着："格格，事已至此，一切要为大局想呀！王爷这么生气，只怕会伤了周嬷和亚蒙少爷……现在，你不能再一味地强硬下去，好歹要保住亚蒙少爷母子的性命，才是最重要的事！"

"是啊！翡翠！"雪珂心碎神伤，六神无主，"我知道，我都知道，但是，怎样才能保全他们呢？"

"去求福晋呀！"

"我连房门都出不去，怎么见得到我娘呢？"雪珂想了想，忽然握住翡翠的手，急促地说，"你去！你去找我娘来，你去跟她说，念在十七载母女之情的分儿上，请她务必要来这儿，务必要救救我……"

雪珂话还没说完，房门忽然开了，雪珂抬起头来，只见王爷和福晋沉着脸，大踏步地跨进门来。在王爷身后，紧跟着一个陌生的老太婆，老太婆捧着一碗兀自冒着热气的药碗，一步一步地向雪珂逼近。

雪珂一看这等架势，心里就什么都明白了。

"不！"雪珂狂喊，跳下床来，往门口没命地奔过去，想夺门而出。

"给我抓住她！"王爷怒吼，一个箭步已抢先将房门关住，闩上，"把药给我灌进去！"

秋棠和兰姑一左一右架住了雪珂，老太婆端着碗过来，阴柔柔地说："把这药喝下去，十二个时辰以内，胎就下掉了，不会疼的！一切包在我身上……"

"不！不！不！"雪珂疯狂般地挣扎着，喊叫着，"娘！娘！让我保有这个孩子，娘！娘！我要他，我爱他呀……娘！娘……"

福晋抖颤着，泪落如雨。

"孩子呀！为了你的名节，这是必走之路呀！"

"给我扳住她的头！快呀！"王爷厉声喊，见到秋棠和兰姑制服不了雪珂，气得大踏步上前，一伸手就捏住了雪珂的下巴，另一只手抢过老太婆手中的碗，他开始把药汁强灌进雪珂嘴里。

"喝！喝下去！喝！"他大声喊着。

雪珂死命闭住嘴，咬紧牙关，仍做着最后的挣扎，药汁流了她一脸一身。

"翡翠！"王爷喊，"你给我扳开她的嘴！"

"是！"翡翠浑身发抖地上前，去扳雪珂的嘴，王爷再倒药，翡翠却忽然松手，雪珂趁势一个大力挣扎，头用力一甩，硬把王爷手中的碗给打落在地。哗啦一阵响，碗碎了，药汁流了一地。

"翡翠，你好大的胆子！"王爷怒喊。

翡翠跪下去了，泪水夺眶而出："奴才该死！从小侍候格格，就是不曾做过这样的事……奴才手也软脚也软，真的做不下去呀！"

"再去熬一碗来！"王爷抓住老太婆往门外推，"快去！快去！"

"站住！"雪珂蓦地大声一吼，满屋子的人都震动了。雪珂面如死灰，乌黑的眼珠，闪着慑人的寒光："不必这么费事，我自行了断就是了！"

雪珂抓起地上的破碗片，就往脖子里抹去。

"格格呀！"翡翠惊喊，没命地就去抢碎碗片。

"雪珂呀！"福晋也喊，满屋子的人全扑上去，拉手的拉手，拉胳膊的拉胳膊，抢破碗片的抢破碗片。到底人多，终于把碎碗片从雪珂手中挖了出来。

雪珂眼见抹脖子抹不成，又陡地甩开众人，直奔窗口，把窗一推，就想跳楼。

"雪珂！"王爷又惊又怒又心痛，拦窗而立，颤声大喊，"你到底要怎样？已犯下大错，却不让我们帮你解决！你这一辈子到底要怎样？"

"让我跟亚蒙走吧！"雪珂跪倒在王爷面前，"你杀了亚蒙，或杀了我的孩子，我都无法活下去！你为什么不成全我们？我们一定走到很远很远的地方去，隐姓埋名，永不回北京城……"

"住口！"王爷瞪着雪珂，一个字一个字地说，"你已许配罗家，这婚事不是你一个人的事，是两个家族的事！明年冬天，你一定要嫁到罗家去！你想死，还没有那么容易！"

王爷说完，拂袖而去，剩下心碎肠断的雪珂和惊魂未定的福晋。

夜半，福晋进了雪珂的卧房，屏退了下人，坐在雪珂床边，紧紧地握住了她的手。

"雪珂，"福晋含泪说，"我终于说服了你爹，咱们不强迫你，允许你把孩子生下来……"

　　雪珂震惊地看着母亲，全然不能相信自己的耳朵。

　　"同时，"福晋继续说，"也免了周氏母子的死罪！"

　　"娘！"雪珂惊喊着，满眼眶的泪，"我就知道你会帮我！我一直就知道！你一定会尽全力来救我！"

　　"不过……死罪能免，活罪却不能免！"

　　雪珂脸色骤变。

　　"那……那要怎样呢？"

　　"顾亚蒙充军边疆，周嬷要逐出王府！"

　　雪珂怔怔地看着福晋。

　　"雪珂，"福晋恳挚地说，"你知道你爹的脾气，从小到大，但凡你有小差小错，你爹从不会计较，但是这次，事情实在太严重了！你爹即使不惩罚你，他也绝不会放过亚蒙的！你心里也明白，只要给你爹抓到，亚蒙就等于被判了死刑了！"

　　雪珂凝视着福晋，默然不语。

　　"所以，你不要以为充军很委屈，要说服你爹饶他们不死，我已经尽心尽力了！但是，你要答应你爹三个条件！"

　　"还有三个条件？"

　　"当然。你以为你爹那么容易放掉亚蒙吗？"福晋紧盯着雪珂，"第一，你发誓再不寻死！第二，孩子一落地，由娘做主，连夜送出府去，你不得过问他的下落，从此斩断关系！第三，你与罗家的亲事，必须如期举行！"

雪珂深吸了口气。

"如果我不依呢？"她问。

福晋面色惨然，从怀里取出一条白绫。

"如果不依，我们就让这条白绫，把一切都结束吧！"福晋抬头，望望那雕刻着仙鹤和云彩的横梁，"离开亚蒙和孩子，如果你觉得生不如死，那么我告诉你，我失去你，也生不如死！我嫁过府来十八年，未曾有过儿子，我只生了你这一个女儿。十八年来，我依赖着我对你的爱，和你爹对你的爱来生存。现在，我必须要面对失去你，又要面对失去你爹，那么，孩子，让我们娘儿两个一起死吧！"泪水沿着福晋的脸庞不断地滚落，她已泣不成声，"我不能眼睁睁地送你的终，让我先咽了这口气，你再随我来吧！"

说完，福晋就把白绫往梁上套去。雪珂这一下完全惊呆了，扑过去，双手紧紧扯住白绫，她哭着大喊："娘！娘！娘！我虽已不孝透顶，但我不能逼你死！娘！娘！你要我怎么办？怎么办？"

"依了娘吧！"福晋一边哭，一边拥着雪珂，"让我们大家都活着——留得青山在，不怕没柴烧，不是吗？"

雪珂心中一动。

“娘，我已非完璧，怎能再嫁入罗家呢？”

“这个……娘自有计策，孩子呀，自古宫闱之中都有一套方法，你先不要操心，这件事我当然会帮你遮掩的！就是府里这些侍卫丫头，也会牢守秘密的，说出去都是杀身之祸呀！”

雪珂泪眼看福晋，到这时真觉得五内俱伤，走投无路。自己一死不足惜，连累的却是母亲、亚蒙、周嬷和腹内那未出世的孩子！雪珂柔肠百结，五脏六腑都痛成一团，咽了一口大气，她咬咬嘴唇，掉着泪说：“要我依这三个条件，除非……”

“除非什么？”福晋问。

“除非让我再见亚蒙一面！”

福晋深深地看着雪珂，沉吟片刻，毅然起身：“好！我就让你们再见一面！”

夜深人静，月明星稀。

亚蒙和雪珂就着月光，在凉亭中见了最后一面。

侍卫押着亚蒙。兰姑、翡翠、福晋押着雪珂。两人隔着石桌石椅，就着月光，彼此深深地、深深地互相凝视。两人都泪盈于眶，两人都哽咽而不能语。雪未融，风未止，凉亭里夜寒如水。

“亚蒙，”雪珂终于开了口，“我要你一句话！”

"你说！"

"我是该苟延残喘地活着，还是该——从一而终地死去？"

亚蒙紧闭了一下眼睛，再睁眼时，双眸炯炯，如天际的两点寒星。

"活着！"他有力地说，"只有活着才有希望！雪珂，为我——活着！"

"可是，活着，是要付代价的！"

"我知道！"亚蒙说，贪婪地紧盯着雪珂。侍卫环立，千言万语竟无法传达。空气里，飘着淡淡的蜡梅香。福晋拉了拉雪珂的衣袖。

"时辰到了！快走，被你爹发现，大家都活不成！"

侍卫拉住亚蒙，不由分说地往凉亭外拖去。

雪珂的眼光死死地缠着亚蒙。

"枫叶经霜才会红，梅花经雪才能香！"亚蒙哑声说，"雪中之玉，必能耐寒！"

亚蒙被拖走了。

"雪中之玉，必能耐寒！"雪珂咀嚼着这两句话。泪水被冻成冰珠，凝聚在衣襟上。雪中之玉，正是"雪珂"二字，"必能耐寒"！亚蒙亚蒙，雪珂心中辗转呼号：我知道了！我懂了！以后，不管岁月多么艰辛，不管自己将变成怎样；我将为你忍耐雨露风霜！但愿上天有德，彼此有再相逢之日。

　　以后，在雪珂无数辛酸的日子里，她总是记得亚蒙最后这几句话：枫叶经霜才会红，梅花经雪才能香！雪中之玉，必能耐寒！

贰

TWO

她深吸了口气，忽然下定了决心，咬咬牙，她的身子一矮，就对他直挺

挺地跪了下去。

　　第二年，六月初十的深夜，雪珂生下了一个婴儿。

　　颐亲王府中，那夜又是戒备森严，雪珂房中只有产婆、福晋和兰姑，连雪珂的心腹翡翠都被遣离。

　　雪珂经过了十二个时辰的挣扎，痛楚几乎把她整个人都撕裂了。原来，生命的喜悦来自如此深刻的痛苦！她以为这痛苦将会漫无止境了，她以为她会在这种痛苦中死去。但是，她没有死，就在一阵惊天动地的大痛以后，她听到的是嘹亮的儿啼声。

　　"咕呱！咕呱！咕呱……"孩子哭着。世界上怎有如此美妙的声音呢？雪珂满头满脸的汗，满眼眶里绽着泪，对福晋哀求地伸出手去。

　　"让我看一看！快告诉我，是男孩还是女孩？"

　　"抱走！"福晋对产婆简短地说了两个字。

　　"是！"产婆用襁褓裹住婴儿，转身就要走。

　　"娘！娘！"雪珂凄然大喊，"最起码让我见他一面，一面就好。"

"不行！要断，就要断得干干净净！"

"娘！娘！"雪珂情急地想翻下床来，"你也是做娘的人呀，你怎么能这样狠心呢？我答应你，我以后再也不问这孩子的事，但是，求你在抱走以前，让我看看他！就只看一眼，一眼就好！"

福晋心头一热。

"好吧！就只许看一眼！"福晋对产婆说："抱过来！"

产婆把婴儿抱到床边来，伸长手臂，让雪珂看。

雪珂撑起身子，贪婪地看着那婴儿，初生的孩子有红彤彤的脸、蠕动的小嘴。眉清目秀，眼睛闭着，细细长长的一条眼缝，有对大眼睛呢！雪珂想着，长大了会和亚蒙一样漂亮吧？是男孩还是女孩呢？手和脚都健康吧？她伸出手去，想找寻婴儿在襁褓中的手脚，摸一下，摸一下就好……

福晋及时把襁褓一托，大声说："行了！快走！"

产婆抱着婴儿快步离去。雪珂一阵心慌，徒劳地伸着手，悲切地喊着："让我再看一眼，再看一眼……"

"雪珂！"福晋握住雪珂伸长的手，"你明知道今生今世再也看不到这孩子了，你就当作根本没生过这孩子，别再看，也别再问，连他是男是女你都用不着知道！"

产婆抱着婴儿已然疾步离去。雪珂心中一阵抽痛和恐惧，蓦地反手抓住了福晋，哀声地、急切地说："娘！我答应你，从此不问这孩子的下落，也不问这孩子是男是女，但是请你一定一定要答应我一件事：让这孩子活下去！给他一个生存的机会，你把他送给老百姓、送到教会、送到庙里……无论你送到哪里都好，只是，别扼杀了他的生命！"

福晋心中一动。雪珂啊雪珂，她实在是冰雪聪明，她已经完全了解王爷不准备留活口的决心。她瞪着雪珂，雪珂一看福晋的眼神，心中更慌，她推着福晋："娘，我给你磕头！"她在枕上磕着头，"那孩子身上不只流着我的血，也流着娘的血呀！他是您嫡亲的外孙呀！"

福晋一言不发，站起身来匆匆追出门外去了。

从此，雪珂没有再问过孩子的事，福晋也没说过有关孩子的事。王爷心中笃定，以为那孩子早就"处理"掉了。

雪珂的孩子就像她那个在庙中拜天地的丈夫一样，在她生命里刻下最深的痕迹，却像闪电般迅速，闪过了光，就此无踪无影。

那年冬天，雪珂在盛大的宫廷礼仪中，嫁入了罗家。

婚礼壮观到了极点。在彩衣宫女舞衣翩飞之下，迎亲队伍跨越了两条街，花轿上扎满了彩球珠花，雪珂凤冠霞帔，珠围翠绕，被前呼后拥着上了花轿。一片吹吹打打，锣鼓喧天，鞭炮震耳欲聋。翡翠以陪嫁丫头的身份跟着，也是一身珠翠，扶着轿子，主仆二人无比风光地进入了罗家。但在内心深处，主仆二人却都各怀心事，忐忑不安。

拜完天地，拜完高堂，夫妻交拜，送入洞房。

晚上，红烛高烧，这是洞房花烛夜。

罗至刚喝了很多酒，但是绝对没有醉。他今年才十九岁，只比新娘子大一岁，终于娶了一个格格当新娘！罗至刚志得意满，颐亲王府的小格格！

订婚前，母亲特地去王府里探视了一番，回来就赞不绝口："那小格格，眼珠乌溜溜的黑，皮肤娇嫩嫩的细，活脱一个美人坯子！见了人也不藏头藏尾，又大方又文雅，有问有答。毕竟是个格格，教养得真好呢！"

罗至刚从十六岁起，就知道将来要娶格格为妻。这并不是罗家第一次和王室联姻，至刚的祖父也娶了靖亲王府里的第十一个格格，罗家与王室，正像富察氏、钮祜禄氏一样，和王室关系一直密切。也因为这层关系，罗家世代都在朝廷中身居要职，曾祖父那代更在承德置下偌大产业，每到夏天就陪着皇上去避暑山庄接见塞外使节。

罗家是世家。罗至刚从小就接受武官教育，骑马射箭、刀枪兵法，无一不通。虽然诗书也读了不少，但到底年轻，更加喜欢武术。军式教育下的罗至刚，是率直而带点鲁莽的，天真而带点任性的。在他洞房花烛夜之前，虽然正是国家多难、满洲王朝岌岌可危的那年，但对年轻而养尊处优的罗至刚来说，生命里几乎是完美无缺的！

　　但是，他娶了雪珂为妻，他所有的不幸都是从洞房花烛夜开始的！

　　那晚，在喜娘们的簇拥下，他挑开了盖在雪珂头上的喜帕，仔细地审视了他的新娘。

　　雪珂垂着眼端坐着，安静，肃穆，不言不笑。

　　好美的新娘！罗至刚心里怦然而跳。母亲没有骗他，这位格格明眸皓齿，沉鱼落雁！至刚心中欢快地唱着歌，脑子里已经晕陶陶得不知东南西北。

　　喜娘笑嘻嘻地嚷喊着："请新郎新娘喝交杯酒！"

　　至刚喜滋滋地笑着，和雪珂喝了交杯酒。

　　"奴婢们告退了！"喜娘们请安告退。

　　"拜见罗少爷！"一个标致的丫头上前，跪下去就磕头，"我的名字叫翡翠，是侍候格格的！我也告退了！"

　　翡翠看了雪珂一眼，和众喜娘一起退下。

　　室内红烛高烧，剩下了一对新人。

　　雪珂心里怦怦跳着，手心里沁出了汗珠。虽然是冬天，她却一直在冒着汗。偷眼看至刚，一张年轻的、帅气的、未经世故的脸，兴冲冲地，带着微笑，也带着紧张和窘迫，她的新郎！雪珂心中蓦地一阵绞痛，烈女不事二夫！她已经和亚蒙拜过天地，又怎能有第二个新郎？

她伸手，摸了摸腰间的锦囊。这是福晋左叮嘱右叮嘱，亲手交给她的。她再悄眼看喜床，红缎被单下隐隐透出一段白色，顺着床单往下看，那段白缎子的下角，绣着鸳鸯戏水图。这片垫在薄薄床单下的白色喜带，将要出示一个新娘的贞节！

红烛爆了一下喜花，至刚伸手去轻扶雪珂的肩。

雪珂被这轻触震动了，她很快地扫了至刚一眼。这张天真而又稚气未除的脸孔下，一定有颗热情而了解的心吧！她深吸了口气，忽然下定了决心，咬咬牙，她的身子一矮，就对他直挺挺地跪了下去。

"你……你这是做什么？"至刚大惊。

"对不起，"雪珂的嘴唇抖颤着，"我必须向你坦白一件事！"

"什么？什么？"至刚实在太吃惊了。母亲根本没教过他，新娘怎会下跪呢？

雪珂心一横，从怀中掏出了那个锦囊。

"这是我母亲为我准备的，里面是一个小瓶子，"她取出一个绿玉小瓶，那瓶子好小好小，像个小鼻烟壶一般，"这瓶子只要轻轻一按，盖子就开了……"

至刚糊糊涂涂地听着，完全大惑不解。

"这瓶子里装着的东西……"雪珂低低地、羞惭地、碍口地，却终于坦率地说了出来，"和落红的颜色一模一样，可以证明我的贞操……"

至刚大大一震。落红！这回事他知道，罗府的少爷，这种教育和知识早就有了。他紧盯着雪珂，更加困惑了。

"我可以遵照我娘的指示，在适当的时机打开瓶盖，一切就都遮掩过去了……"雪珂正视着至刚，缓慢地、清楚地说，"但是，我不能这么做！我不想欺骗你，更不能对另一个人不忠……"

至刚太惊愕了，把雪珂用力一推，大声地问："你到底在说些什么？"

"我……我不能骗你！我是成过亲的！只是我爹娘把我们拆散了，在你以前，我已经有了一个丈夫……"

罗至刚目瞪口呆，就是有个雷劈在他面前也不会带来这么大的震动。这完全出乎他能够处理的范围，他呆呆地站着。雪珂还在诉说什么，但是，那声音已变得飘忽，他不能听，他不想听……他的新娘、他的格格，怎会这样呢？

蓦然间，他朝室外冲去，直奔父母的卧房，他那凄厉的喊声，震荡在整个回廊上："爹！娘！这个婚礼不算数！我不要……我不要……爹，娘，你们害惨了我……害惨了我呀……"

王爷和福晋是连夜被罗大人夫妇请进罗府来的。

罗府的大厅中依然是红烛高烧。在正墙前面，有个小几，几上一块白色的方巾遮住了下面的东西，雪珂就跪在这小几的前方。

王爷瞪视着雪珂，气得浑身发抖，他大踏步走上前，对着她，一脚踹过去，痛骂着说："早知道，不如让你抹了脖子跳了楼，死了干净！你就这样子辜负父母的一片心！"

"哈，哼！王爷！"罗大人面罩寒霜，冷哼着说，"都是为人父母，都有一片心呀！这样的女儿，你嫁入我家大门，要我们这做父母的对至刚如何交代？"

王爷一震，羞惭得无地自容。

至刚急急走上前去，对父母说："爹，娘！这种媳妇我不要了，你们快让王爷把她带回家去吧！我们把她休了吧！"

雪珂神色惨然，对罗大人和夫人深深地磕下头去："雪珂以戴罪之身，听凭你们发落！"

"发落？言重了！"罗夫人冷冷地说，怒瞪着雪珂，这个让他们全家蒙羞的小女子，她恨不能剥她的皮、吃她的肉！这一生，她从没受过这么大的羞辱！这个媳妇儿还是她亲自去鉴定过的

呢！"你巴不得我们休了你，对不对？"她怒声问，"你既然敢在
洞房花烛夜说出真相，想必就已经豁出去了，如果我们休了你，
就正中你的心意，从此，你就可以为你那个名不正、言不顺的情
夫守住身子了，是也不是？"

雪珂一惊，不由得抬头看了罗夫人一眼，她接触到一对无比
锐利又无比森冷的眼光，她不禁打了个寒战，这个女人已经洞悉
了她的居心！

"亲家母，"福晋心慌意乱地开了口，"这件事，实在是让我
们两家都无比地尴尬。说来说去，都是我这做母亲的教导无方，
才让雪珂犯下大错！但如今事过境迁，那周嬷母子都已被放逐塞
外，等于不存在的人了。那么，不知道你们能不能宽大为怀，原
谅我们做父母的，出于善意的欺瞒……"

"福晋！"罗大人打断了福晋的话，"对你们而言，雪珂的不
守妇道早已事过境迁，但对我们而言却是事到临头，你们的欺骗
不论是什么出发点，我们都没有义务来承担！"

"好了！我知道了！"王爷怫然地回过身子来，"雪珂，我们
带回家去就是了！"

"慢着！"罗夫人往前跨了一步，"雪珂既然已嫁入我们罗家，
也无法再让你们带走！"

"那你要怎的？"王爷问。

"王爷!"罗夫人正色说,"你不想想,今日这场婚礼是怎么样的排场!整个北京城都知道罗家和颐亲王府结了亲家,从皇室到百官,贺客盈门……这样的婚礼之后,我们罗家再说媳妇犯了七出之条,对我们也是颜面尽失!王爷!这种丢脸的事,我们罗家丢不起!"

"那么,你到底要怎样?"

"雪珂留下!"罗夫人阴沉沉地说,"既然已行婚礼,就算我们家的媳妇!从今以后,你们王府,别说我们待媳妇儿有什么不周的地方!至于雪珂,"罗夫人走到雪珂面前,双目如同两把冰冷的利刃,直刺向雪珂:"你给我听着,今儿个罗家容下你是情非得已,咽下你所带来的耻辱,更是情迫无奈!过去,你有父母为你一手遮天,从今而后,我可不容许你再有丝毫差错!"

"不!娘!"至刚激动地往前一冲,"我不要她!我要休了她!她是个不贞不洁不干不净的女人!我受不了这种侮辱!这对我太不公平了!"

雪珂面容惨白,眼神惨淡,默然不语。

"至刚!"罗大人声色俱厉,"你娘说得对!我们罗家丢不起这种脸!这媳妇儿你不要,我们也得留着!至于你的委屈,我们自会为你补偿!以后,你就是三妻四妾,我想王爷和福晋也不会有意见的!"

王爷深抽了口气，瞪视着雪珂。骤然间，他觉得有股寒意直袭心头，他几乎已看到雪珂那必须面对的未来。

他还来不及再说什么，罗夫人已把雪珂的胳臂一把拉住。"过来，"她厉声说。

雪珂膝行着被拖到小几前面。罗夫人把几上的方巾用力掀掉，里面赫然是一把亮晃晃的匕首。

"现在，你必须当着你的父母和咱们一家人的面，自断小指，立下血誓，从此对过去之事三缄其口，在未来的日子里恪守妇道！"

福晋被吓坏了，一个箭步扑到桌边。

"什么？自断小指？那又何必？雪珂发誓就是了，何至于一定要她自残身体……"

"这是我们罗家的规矩！"罗大人冷峻地说，"国有国法，家有家规！"

罗家父母的每一句话，都和面前的匕首一样锋利。"坦白"带来的屈辱，原来是这般强大！雪珂睁大了眼睛，死吧！她想着，只要把这匕首当胸一刺，就一了百了了！可是，她的耳边，却响起了亚蒙低沉而有力的声音："枫叶经霜才会红，梅花经雪才会香！雪中之玉，必然耐寒！"

雪珂一把抓把起了匕首，不能死！她抬头挺胸，毅然说：

"雪珂立下血誓，从今以后，将对自身耻辱三缄其口并恪遵妇道！若违此誓，便如此指！"

雪珂说完，一刀往小指上剁去。

彻骨的痛使雪珂惨叫一声，晕死过去。

这自断小指的一幕，在以后很多的日子里都困扰着至刚，而且在他眼前不断地重演。雪珂那苍白的脸、那黑不见底的眼睛、那惨淡的神情，那几乎称得上是"壮烈"的举动……一个弱女子，竟能将左手小指从第一个关节，硬生生地砍了下来……是什么力量让她做到的？是什么力量，让她在新婚之夜，居然敢承认自己的不贞？

为什么要承认呢？至刚想不明白。他却越想越感到挫败，越想就越对雪珂生出一种近乎痛苦的恨。他恨她的坦白，恨她的诚实，恨她有断指的勇气，更恨她……是了，更恨她因此而保护了自己——使他退避三舍以外，根本不愿对她有所染指！

但是，她是他的妻子呀！

为什么要承认呢？就为了躲避他吗？为什么要躲避他呢？因为要对另一个男人守身吗？

一次又一次的自问，使这个才十九岁的少年妒火狂炽，他恨透了雪珂！真恨透了雪珂！

婚后三个月的一天夜里，至刚喝得醉醺醺的，撞进了雪珂的卧房。

"少爷！"翡翠惊喊，像守护神似的站在雪珂床前，"你要做什么？"

"滚出去！"至刚狂暴地把翡翠推出了房门。

雪珂从床上坐起来，发出一声惊喊，反射般地用棉被遮在胸前。这个举动使至刚更加怒不可遏了，他伸出手去一把就扯掉了那棉被。

"我真恨你！我真恨你！"他一迭声地嚷着，"你为什么不用你娘的法子，你为什么要说出来？那个人他究竟有多么好？值得你这样为他豁出去？你告诉我！你告诉我！"他疯狂地抓住她的肩，疯狂地摇撼着她。

"对不起……"雪珂颤抖地说，试着想摆脱他，"真对不起你！请你放开我，我愿意当你的丫头……"

"你不是我的丫头，你是我的妻子！"

"不不，"雪珂昏乱地说，"不是的……"

啪的一声，他给了她一耳光。

"你宁愿不是的！对不对？你宁愿做丫头也不做我的妻子，对不对？我偏不让你称心如意，我偏不让你达到目的！你已经扰乱了我的生活，破坏了我的快乐，你使我这么痛苦，这么恨！我从没有恨一个人像恨你这样！我真恨你，我真恨你，我真恨你……"

他一面叫着嚷着，一面占有了她。

雪珂咬着牙承受了一切。泪，迷离了她所有的视线。内心深处有无穷无尽的痛。

第二天，她和翡翠去了卧佛寺。

跪在菩萨面前，她沉痛地说："菩萨，你是我的见证。我没能为亚蒙守身如玉！往后，还不知有多少艰难的日子，必须一日一日挨下去！菩萨，请把我的思念转达给亚蒙，请他给我力量，告诉他，告诉他……忍辱偷生只是为了'希望'，希望有朝一日能够再见！告诉他，告诉他，不管怎样，我没有一天一刻，忘记过他……"

雪珂说着哭倒在地，匍匐在佛像前。

翡翠跪在一边，泪，也爬了满脸，跟着匍匐下去。

雪
珂

叁

THREE

雪珂疾步走来，本能地就伸手把小雨点的手握住，用力一拉。这一拉，

雪珂就呆住了。

　　枫叶红了一度又一度，梅花开了一年又一年，春去秋来，时光如流，八年就这样过去了。

　　八年，足以改变很多的东西。清朝改成了民国，一会儿袁世凯，一会儿张勋，一会儿段祺瑞，政局风起云涌，瞬息万变。民国初年，政治是一片动荡。不管怎样，对颐亲王爷来说，权势都已消失，唯一没失去的，是王府那栋老房子。关起了王府大门，摘下了颐亲王府的招牌，王爷只能在围墙内当王爷，虽然丫鬟仆佣仍然环侍，但过去的叱咤风云、前呼后拥……都已成了过去。

　　对雪珂来说，这八年的日子，是漫长而无止境的煎熬。罗大人在清朝改为民国的第二年抑郁成疾，一病不起。罗家的政治势力全然瓦解，罗夫人当机立断，放弃了北京，全家迁回老家承德，鼓励至刚弃政从商。幸好家里的经济基础雄厚，田地又多，至刚长袖善舞，居然给他闯出另一番天下，他从茶叶到南北货、药材到皮毛，什么都做，竟然成为承德殷实的巨商。

　　不管至刚的事业有多成功，雪珂永远是罗夫人眼中之钉，也永远是至刚内心深处的刺痛。到承德之后，至刚又大张旗鼓地迎娶了另一位夫人——沈嘉珊。嘉珊出自书香世家，温柔敦厚，一进门，就被罗夫人视为真正的儿媳。进门第二年，沈嘉珊又很争气地给至刚生了个儿子——玉麟，从此身价不同凡响，把雪珂的地位更给挤到一边去。雪珂对自己的地位倒没什么介意的，主也好、仆也好，反正她活着的目的只为了等待。但是，年复一年，希望越来越渺茫，日子越来越暗淡。从清朝到民国，政府都改朝换代了，当初发配边疆的人犯，到底是存是亡，流落何方，已完全无法追寻了。雪珂每月初一和十五，仍然去庙里，为亚蒙祈福，但经过这么些年，亚蒙即使活着，大概也使君有妇了。当初那段轰轰烈烈的爱，逐渐尘封于心底。常让她深深痛楚的，除了至刚永不停止的折磨以外，就是玉麟那天真动人的笑语呢喃了。她那一落地就失去踪影的孩子，应该有八岁了，是男孩还是女孩？在什么人家里生活呢？各种幻想缠绕着她。她深信，福晋已做了最妥善的安排。八年来，母女见面机会不多，搬到承德后，更没有归宁的日子，福晋始终死守着她的秘密，雪珂也始终悲咽着她的思念。就这样，八年过去，雪珂已经从当日的少女，变成一个典型的"闺中怨妇"了。

枫叶又红了，秋天再度来临。

　　这天黄昏，有一辆不起眼的旧马车，慢吞吞地驶进了承德城。承德这城市没有城门，只在主要的大街上高高竖着三道牌楼，是当初皇室的标志。远远地，只要看到这牌楼，就知道承德到了。马车停在第一道牌楼下，车夫对车内嚷着："已经到了承德了！姥姥！小姑娘！可以下车了！"

　　车内跳出一个衣衫褴褛的小女孩儿。个儿太小，车子太高，女孩儿这一跳就摔了一跤。

　　"哎哎！小姑娘，摔着没有？"车夫关心地问。

　　"嘘！"小女孩把手指放在唇上，指指车内，显然不想让车里的人知道她摔了跤。虽是这样，车里一个白发苍苍的老妇人已急忙伸头嚷着："小雨点，你摔了？摔着哪儿了？"

　　"没有！没有！"那名叫小雨点的孩子十分机灵地接了口，"只是没站好而已！"她伸手给老妇人，"奶奶，这车好高，我来扶你，你小心点下来，别闪了腰……"

　　老妇人抓着小雨点的手，伛偻着背脊下了车。迎面一股瑟瑟秋风，老妇人不禁爆发了一阵大咳，小雨点忙着给老妇拍着背，老妇四面张望着，神情激动地说了一句："承德！总算给咱们熬到了！"

　　"姥姥！"车夫嚷着，"天快黑了！你们趁早寻家客栈落脚吧！这儿我熟的，沿着大街直走，到了路口右边儿一拐，有一家长升客栈，价钱挺公道的！"

"谢谢啊！"老妇牵起小雨点的手，一步步往前慢慢走去，眼光向四周眺望着，承德，一座座巍峨的老建筑，已刻着年代的沧桑。但那些高高的围墙、巨扇的大门，仍然有侯门似海的感觉。老妇深吸了口气，嘴中低低喃喃，模模糊糊地说了句："雪珂，我周嬷违背了当初对福晋立下的重誓，依然带着你的女儿千里迢迢来找你了！只是，你在哪一扇大门里面呢？我要怎样才能把小雨点送到你手里呢？"

风卷着落叶对周嬷扑面扫来，周嬷弯下身子又是一阵大咳。小雨点焦灼地对周嬷又拍又打，急急地说："奶奶，咱们赶快去客栈里吧！去了客栈，就赶快给奶奶请大夫吧……"

"没事没事！"周嬷直起身子，强颜欢笑地望着远处天边最后的一抹彩霞。"雪珂！"她心中低唤着，"再不把孩子交给你，只怕我撑不住了。"

周嬷费了好几天的时间，终于打听出雪珂的下落。承德罗府，原来赫赫有名啊！周嬷又费了好几天时间，终于结识了罗府的一位管家冯妈，和冯妈一谈，周嬷就愣住了。原来，罗至刚已有第二位夫人！原来雪珂在罗家并无地位，如果下人眼中已然如此，那么实际情况一定更糟。

怎样把小雨点送进罗家去呢？怎样让雪珂知道小雨点就是她

的亲生女儿呢？总不能敲了门，堂而皇之地走进去，把雪珂婚前生的孩子交到雪珂面前呀！周嬷始终记得，福晋亲自把小雨点抱来，递到她怀里时，说的一番话："这个孩子活着，只有你知我知天知地知！你必须立下重誓，带着孩子远走高飞，永远不回北京城，永远不再见雪珂的面！如果你违背了誓言，会天打雷劈，永世不得超生！"

她发了誓，很郑重很虔诚很严肃地发了誓。福晋眼里闪着泪光又交给她一笔钱，恳切地说："拿了这些盘缠，带着孩子去找亚蒙吧！亚蒙被充军到新疆的喀拉村，在那儿开采煤矿，去吧！找着了亚蒙，一家三口就在新疆落户，另娶媳妇，另过日子吧！"

周嬷多感激呀！有了孙女儿、有了盘缠，又有了亚蒙的下落！她连夜带着孩子，离开北京，直奔新疆而去。

福晋大概做梦也没想到，周嬷这一老一小，人生地不熟，走走停停，好不容易走到新疆，找到喀拉村时，已经是一年以后了。朝代改了，喀拉村的人犯全跑光了，没有任何人知道顾亚蒙在何方，连那个煤矿都已经是个废矿，没人开采了！

盘缠已经用完，小雨点又体弱多病，周嬷呼天不应，叫地不灵，又举目无亲。从此，是漫长、漂泊的日子，一个村镇又一个村镇，周嬷打着零工，做各种活儿养活小雨点，寻访亚蒙的下落。祖孙二人挨过许许多多不为人知的苦楚，有时，周嬷看着小雨点那酷似雪珂的神韵，和那种与生俱来的高贵气质，会愣愣地发起呆来。

"是个小格格呢！怎么命会这么苦呢？"

是的，小雨点从小餐风饮露，说有多苦就有多苦。祖孙两个从新疆往回走，一走就走了好多年，走得周嬷日形衰弱，百病丛生，好不容易回到北京，才知道罗府已经搬回承德了。

她怎样也没胆子把小雨点送到王爷府去，但自知来日无多，周嬷越来越恐惧，渴望见到雪珂的愿望也越来越强烈，终于，她勉强撑持着，带着小雨点来到承德。

已经到了承德，也知道了罗家的地址，在罗宅大门前，徘徊了好几天的周嬷，这才了解到"一面难求"的意义。

身上最后的几个钱也快用完了，长升客栈里，已欠下好多天的房钱，周嬷的身子越来越差，常常整夜咳得不能睡觉。这天，周嬷得到了一个消息，像是在黑夜中看见了一线曙光，来不及细思，也来不及计划清楚，她做了一个最冒险的决定。

这晚，周嬷拉着小雨点，强抑悲痛地说："小雨点，奶奶要跟你分开一段日子了！"

"为什么？"小雨点脸色苍白。

"你听着，奶奶带着你，巴巴地来到承德，是因为奶奶打听到，这儿有户姓罗的大户人家，心肠好，又待人宽厚，他们家正巧需要……需要一个小丫头！"

小雨点睁大眼睛，看着周嬷点点头。

"你要把我卖给罗家，当小丫头？"小雨点喉咙中哽哽的，眼眶里湿漉漉的。"可以卖很多钱吗？"她问。

"不是！"周嬷为难极了，她能告诉小雨点一切吗？不行呀！她才八岁，她不会守密，也全然没有心机。

"不是为了钱……"

"我知道，"小雨点又点头，"你怕我跟你过苦日子，你才这样安排的！我不去！你病着，我如果去做丫头，谁来照顾你呀？"

"小雨点！"周嬷急了，"如果我告诉你是为了钱呢？你瞧，咱们已经山穷水尽了，奶奶身子又不好……"

"卖了我，你就有钱治病了，是不是？"小雨点眼睛一亮，"那么，就卖了我吧！"

周嬷抱着小雨点，泪如雨下。

"小雨点，听我说，进了罗家，别说你姓顾，只说你姓周！罗家有个少奶奶，是个格格，记住，是格格的那位少奶奶，你见着了她，要特别对她好……告诉她，告诉她……"周嬷一个激动，又开始大咳特咳，咳得说不下去了。

"奶奶！奶奶！"小雨点吓得魄飞魂散，拼命帮周嬷捶背揉胸口，一连声地说，"你快把我卖了吧！卖了钱快治病吧！"

周嬷死命攥住小雨点的衣袖，颤抖着，咳着，瞪大眼睛叮咛着："告诉她，你有一个奶奶，只有一个奶奶，你跟着奶奶去新疆找你爹，找了好多年都没找着……告诉她……你娘……你娘……"周嬷咳得说不下去，小雨点急得泪水奔流。

"别说了，奶奶，我都知道了，我娘她早就死了！"

"小雨点，"周嬷更急切了，"你娘，她没……没……唉！"周嬷叹口气，又咳又喘又着急，"这些话，你只能对那个少奶奶说，不能对罗家任何人说，听到没有？"

小雨点拼命点头，拼命拍着周嬷的背，泪水不停地掉，声音哽咽着："我都知道，我听你话，你赶快卖了我治病！"

"唉！"周嬷再叹了口气，仰头看窗外的天空，"老天爷！"她心中默祷着，"让我见雪珂一面吧！"

第二天，小雨点在冯妈的穿针引线下卖进了罗家。周嬷没走进罗家大院，只在厨房边的小厅结束了这场买卖，出来拿卖身契和付钱的是罗老太，也就是当年的罗夫人。在罗老太那么锐利、那么威严的注视之下，周嬷什么话都不敢说，眼睁睁地看着小雨点被冯妈带走了。

"明天，"周嬷心想，"明天起，我将去罗家大门前等着，早也等，晚也等，总会等到雪珂出门吧！"

　　周嬷并没想到，她的生命里已经没有"明天"。就在小雨点进罗府的那个晚上，周嬷走完了她人生中最后一段路，带着她那天大的秘密，她来不及对小雨点有更进一步的安排，就这么饮恨而去了。

　　周嬷的后事，是长升客栈的掌柜料理的。

　　没想到卖小雨点的钱，做了周嬷的丧葬费。一口薄棺，在城西的乱葬岗，就这么入了土。入土那天，掌柜的想到已卖进罗家的小雨点，心存悲悯，因而，他亲自去了一趟罗家，见到了罗家的老家人老闵，报了噩耗。老闵是个憨厚忠诚的人，不禁动了恻隐之心，立刻报告罗老太。罗老太呆住了，没料到世间有这等苦命之人，卖了孙女儿治病，居然连一天都没挨过去。

　　"让小雨点去坟上给她奶奶磕个头吧！"罗老太对老闵说，"怪可怜的！"

　　因而，小雨点上了奶奶的坟。

　　秋日的乱葬岗朔野风寒，落叶飘零。

　　小雨点不可置信地看着那座新坟，完全不能相信这个事实。死了？她从小相依为命，在这世上仅有的一个亲人，居然死了？那日进罗家，竟成了她和奶奶的永诀！八岁的小雨点无法承受这个，她看着奶奶的坟，看着那片木头的墓碑，上面只有四个字：周氏之墓，顿时痛从中来，抱着那木头牌子，号啕大哭："不不！

奶奶！你最爱小雨点，你最疼小雨点，你说过，我们只是暂时分开一下……奶奶，你骗了我！你怎么可以走？你怎么可以丢下我？不管我了？奶奶！奶奶！你叫我以后怎么办？怎么办？奶奶……奶奶……奶奶……"

小雨点凄厉无助的喊声，震动了荒野，天地为之含悲。连见过不少大场面的老闵，都泪盈于眶。

但是，小雨点却唤不回她的奶奶了。

雪珂和小雨点第一次见面，是周嬷去世三天以后的事了。那天，雪珂要到嘉珊房里去拿一批绣花的图样。穿过水榭，走入回廊，她就看到远远地，冯妈正带着个小丫头走过来。府里新买了个小丫头，她已经听翡翠说了，却根本没有把这件事放在心中。小丫头个子好小，穿着一身不知是哪个大丫头的旧衣服，袖管和裤管都长了一大截，走起路来甩呀甩的，好不辛苦。正走着，斜刺里玉麟横冲直撞而来，这孩子永远有用不完的活力。他一面冲，一面嘴里还吆喝着："我是老虎，我是豹子，我是千里马……吧嗒，吧嗒，吧嗒……我来啦……"

这匹千里马一冲之下，竟和小雨点撞了个满怀。

哎哟一声，两个孩子双双摔倒在地。冯妈定睛一看，撞倒了家里的小祖宗，这还得了！她一面慌忙扶起玉麟，一面猛地回手，就给了小雨点一耳光。

"你这个笨丫头，眼睛长在后脑勺上还是怎的？看到小少爷来，你好歹躲一躲呀！"

已经摔得七荤八素的小雨点，正踩着过长的裤管想爬起来，被冯妈这一耳光，又打得跌落于地。

"哎哎，别打她！别打！"雪珂疾步走来，本能地就伸手把小雨点的手握住，用力一拉。这一拉，雪珂就呆住了，心头竟无缘无故地猛跳了跳，像被什么看不到的大力量撞击了一下。她定定神，看着小雨点，好清秀的一个小女孩儿！双眉如画，双目如星，挺直的鼻梁，小小的嘴……这样可爱的孩子，简直是我见犹怜呢！雪珂深吸了口气，眼光竟锁在这孩子的面庞上了。

"小雨点！还不赶快磕头叫少奶奶！"冯妈很权威地怒喝着，"说你笨，还真笨！教了几天了，见了人要磕头呀！你看着，"她一把拖过小雨点来，"这是少奶奶！"

小雨点仰着头，呆呆地看着雪珂。和雪珂的反应一样，小雨点怔住了。她觉得好奇怪，这位少奶奶眼中，流露着如此柔和的光芒，温柔得像冬天的阳光。她这一生，只有在奶奶眼中，见到过这种温柔。

"叫人哪！"冯妈伸手，拧了一下小雨点的耳朵。

"哎哟！"小雨点叫了一声，慌忙低头，跪下去，忙不迭地磕

起头来，"少……少……少奶奶，万……万……万福！"她结结巴
巴地说着冯妈教过她的一套，"小雨点给……给……少奶奶……
磕头请安……"

雪珂伸出双手，扶住了小雨点的双肩。

"别磕了，站起来！"她轻声说。

小雨点跌跌撞撞地想站起来，心慌慌的，一脚踩住长裤管，
又差点摔倒，雪珂及时扶住了她。

"你的名字叫小雨点？"雪珂问，干脆蹲下来，细细审视着这
张娟秀的脸。

"是啊，奶奶都喊我小雨点！"

"奶奶？"雪珂凝视她，"在哪儿呢？"

小雨点的眼眶立刻红了，泪珠涌上来，充斥在眼眶里，她竭
力忍着，不可以哭奶奶，冯妈已经千叮咛万嘱咐过！但是，要不
哭，好难呀！

"奶奶……"她哽咽着，"死了！"

"哦！"雪珂似乎被这孩子的泪，烫了一下，心中猛地掠过一
阵抽痛和怜惜，"那么，你爹呢？你娘呢？怎么把你这么小的孩
子，卖来当丫头？"

"我没爹，我也没娘，"小雨点咽着泪水，鼻子吸溜着，"我
奶奶卖了我，才有钱治病，她没有法子，我们好穷……可是，她

没治好病，就死了……”小雨点再也熬不住，泪珠沿着面颊，滴滴滚落。

"这个教不好的笨丫头！"冯妈气极了，又想去拧小雨点的耳朵。

"算了，冯妈！"雪珂站起身来，拦住了冯妈，"她这么小，怪可怜的！没爹没娘，又失去了奶奶……"雪珂深深地看小雨点："别哭了！孩子！"

小雨点心中热热的，多么多么温柔的声音呀！多么多么温柔的眼神呀！又多么多么慈爱与美丽的脸孔呀……她慌慌忙忙地用衣袖擦眼睛：不许哭的！不能哭的！当丫头没有资格哭的，冯妈说的。怎么眼泪水就一直要冒出来呢？真是的！

"来，别用袖子擦眼睛！"雪珂说，从怀里掏出一条细纱小手帕，塞在小雨点手中，"拿去！"

小雨点呆呆地接过手帕，好温暖好香的小手帕呀！

"好了！"冯妈一扯小雨点，对雪珂福了一福，"少奶奶，我带她去厨房，老太太交代，要从最根本的工作训练起来，我想，先叫她去灶里烧火吧！"

"烧火？"雪珂一怔，"这么小，不会烫着吗？"

"少奶奶！"冯妈嘴角牵了牵，掠过一丝嘲弄的笑，"丫头就是丫头命哪！又怕烫又怕摔，那还能做活吗？"

冯妈拉着小雨点，不由分说地就向厨房走。

玉麟又开始在回廊里横冲直撞："我是老虎！我是大熊！我是千里马……吧嗒，吧嗒，吧嗒……"

雪珂怔怔地站着，怔怔地望着小雨点的背影，兀自出着神。翡翠忍不住拉拉雪珂的袖子，喊了一声："格格！咱们走吧！"

格格！小雨点触电似的回过头来。奶奶说过一句话，见着了是格格的那位少奶奶，要告诉她……告诉她……告诉她什么？小雨点心慌慌，完全想不出来。正在怔忡之中，冯妈已拎着她的耳朵，一路拉扯了过去：

"你磨磨蹭蹭的干什么？走一步，停一步！你当你是千金小姐吗？还不给我快一点干活去！"

小雨点被一路拖走了。

雪珂莫名其妙地叹了长长一口气。

"格格，"翡翠轻言细语地道，"别叹气了，给老太太或是少爷听到，又有一顿气要受……"

唉，雪珂心中叹了更大的一口气：在罗家，当小丫头不能掉泪；当少奶奶不能叹气。可是，人生，就有那么多无可奈何的事啊！

肆

FOUR

小雨点绝对不知道，她的爹和娘都距她只有咫尺之遥。

就在小雨点和雪珂相对不相识的时候，北京的颐亲王府中也发生了一件大事。

这天一大早，王爷的亲信李标就直奔进来，手持一张名帖，慌慌张张地说："王爷，外面有客人求见！"

"怎么？"王爷瞪了李标一眼，"你慌什么？难道来客不善？"王爷拿过名帖来看了看，"高寒，这名字没听说过啊！这是什么人？他有什么急事要见我？"

"王爷！"李标面露不安之色，"不知道是不是小的看走了眼，这位高先生实在眼熟得很，好像是当年那个……那个充军的顾亚蒙呀！"

王爷大吃一惊，坐在旁边的福晋已霍然而起，比王爷更加吃惊，她急步上前追问："你没看错吗？真是他吗？为什么换了名字？他的衣着打扮怎样？很潦倒吗？身边有别的人吗……"

"他看来并不潦倒，身边也跟着一个人！"

"哦哦？"福晋更惊，"是周嬷吗？"

"不是的，是个少年小厮，一身短打装扮，非常英俊，看来颇有几下功夫。"

"哦！"王爷太惊愕了，"你说那顾亚蒙摇身一变，变成高寒，带了打手上门来兴师问罪吗？"他咽口气，咬咬牙说，"好！咱们就见见这位高寒，他是不是顾亚蒙，见了就知道！"

王爷大踏步走进大厅的时候，那位高寒先生正背手立在窗边，一件蓝灰色的长衫，显得那背影更是颀长。在他身边，有个剑眉朗目的少年垂手而立，十分恭谨的样子。

"阿德，"那高寒正对少年说，"这颐亲王府里的画栋雕梁，已经褪色不少，门口那两座石狮子倒依然如旧！"

王爷心中猛地一跳，跟着进门的福晋已脱口惊呼："亚蒙！"

高寒蓦地回过头来，身长玉立，气势不凡，当日稚气未除的脸庞，如今已相貌堂堂、仪表出众，只是，眉间眼底却深刻着某种无形的伤痛，使那温文儒雅的眸子透出两道不和谐的寒光，显得冰冷、锐利而冷漠。

"亚蒙？"高寒唇边浮起一丝冷笑，抬高了声音问，"有人在喊亚蒙吗？九年以前，我认识一位顾亚蒙，他被充军到遥远的天边，路上遇到饥荒又遇到瘟疫，他死了！顾亚蒙这个人死过很多次，路上死了一次，到矿里，深入地层下工作，又被倒塌的矿壁压死了一次。和看守军发生冲突，再被打死了一次，当清军失势矿工解散，那顾亚蒙早已百病缠身，衣不蔽体，流浪到西北，又被当地的流氓围攻，再打死一次！于是，顾亚蒙就彻底地死了，消失了！"他抬头挺胸，深吸了口气，"对不起，王爷，福晋，你们所认识的亚蒙，早就托你们的福，死了千次万次了！现在，站在你们面前的人，名叫高寒！"

高寒冷峻地说着，是的，那在陕西被流氓追逐殴打的一幕，依稀还在眼前，如果没有高老爷和阿德主仆二人伸援手救下他来，他今天也不会站在王府里了。人生自有一些不可解的际遇，那高振原老爷子，六十岁无子，一见亚蒙谈吐不俗，竟动了心。把亚蒙一路带回家乡，两人无所不谈，到了福建，老人对亚蒙说："你无家，我无子，你的名字已让满人加上各种罪名给玷污了。现在，你我既然有缘，你何不随了我的姓，换一个名字，开始你新的人生？"

于是，他拜老人为义父，改姓高，取名"寒"。雪中之玉，必然耐寒！他已经耐过九年之寒了！今天，他终于又站在王爷面前了；他终于能够抬头挺胸，侃侃而谈了。

"亚蒙虽死，阴魂未散，王爷有任何吩咐，不妨让我高寒来转达！"

王爷怔了片刻，脸色忽青忽白，骤然间，他大吼出来："你居然还敢回来！九年前你造的孽，到今天都无法消除，你居然还敢明目张胆地跑进王府来，对我这样明讽暗刺……"

高寒的声音，冷峻而有力："王爷！让我提醒你，现在是民国八年了！'王爷'这两个字，已经变成一个历史名词了！你不再是高高在上、掌握生杀大权的那个人，而我，也不再是跪在地上任人宰割的那个人！你最好不要轻举妄动，你拿我已经无可奈何了！"

"你混账！"王爷大怒，一冲上前，就攥住高寒胸前的衣服，"不错，是改朝换代了！你连姓名都已经改了！但在我眼里，你永远都翻不了身，我也永远痛恨你，你带给这个家无法洗刷的耻辱……我真后悔，当初没有一剑杀了你……"

"王爷！"那名叫阿德的少年走过来，轻描淡写地把王爷和高寒从中间一分，王爷感到一股大力量直逼自己，竟不由自主地松了手。他愕然地瞪着那少年，是，高寒绝不是顾亚蒙，他身边居然有这样的好手，怪不得他有恃而无恐了。

"大家有话好说好说，"阿德笑嘻嘻地，看王爷一眼，"我家少爷好意前来拜访，请不要随便动手，以免伤筋动骨……"

什么话！王爷气得脸都绿了，正待发作，福晋已急急忙忙地往两人中间一拦，眼光直直地看着高寒，迫切地，困惑地开了口："你们母子见到面了没有？周嬷她找到了你没有？难道……你们母子竟没有再相逢？"

"什么？"高寒一震，瞪视着福晋，"为什么我们母子会相逢？

我在远远的新疆，民国以后我就东南西北地流浪，然后又去了福建，我娘怎可能和我相遇？到北京后，我也寻访过我娘，但是，我家的破房子早就几易其主，我娘的旧街坊说，八年前我娘就不见了！你们……"他往前一跨，猛地提高了声音，"你们把我娘怎样了？"

"天地良心！"福晋脱口喊出，"周嬷……她不是去找你了吗？是我告诉她的地址，新疆喀拉村，是我给了她盘缠……她应该早就到新疆去了呀！"

高寒一呆，王爷也是一呆。

"你这话当真？"高寒问福晋。

"这种事，我也能撒谎吗……"

福晋话没说完，王爷已怒瞪着福晋吼："你瞒着我做的好事！你居然周济周嬷，又私传消息，你好大的胆子！"

"王爷！"福晋眼中充满泪了，"已经是八年前的事了，我们就不要再重翻旧账了吧！"

高寒踉跄着退后了一步。

真的吗？娘去了新疆，可能吗？那样天寒地冻，路远迢迢！如果她真的去了，却和他失之交臂，那么她会怎样？回到北京来？再向福晋求救？他抬起头来，紧盯着福晋："后来呢？以后呢？"

"以后，"福晋愣了愣，"以后就再也没有消息了！"

"那么，"高寒抽了口气，"雪珂呢？"

王爷忍无可忍地又扑上前来。

"你这个混账！你还敢提雪珂的名字！她嫁了！她八年前就嫁给罗至刚了！现在幸福美满得不得了，如果你敢再去招惹她，我决不饶你！我会用这条老命跟你拼到最后一口气！"

"王爷王爷！"福晋着急地拉住他，"别生气呀！"她哀求似的看向高寒："王爷这两年，身子已大不如前，过去的事都已经过去了，请你不要再追究了吧！"

"过去的事还没过去！"高寒大声说，"我那孩子呢？告诉我，我那孩子呢？"

王爷喘着气抬起头来："那个孽种，一落地就死了！"

高寒脸色大变，这次，是他一伸手抓住了王爷的衣襟。

"你说什么！什么叫一落地就死了？你胡说！你们把他怎样了？怎样了……"

"埋了！"王爷也大叫，"你要怎样？我们把他埋了！这种耻辱，必须湮灭……"

"天哪！"高寒痛喊，疯狂般地摇撼着王爷，"你们怎么下得了手？那个无辜的小生命，难道不是你们的骨肉？你们怎能残害自己的骨肉呢？"

"住手！住手！"福晋喊着，没命地去拉高寒，"听我说，那孩子没死！是个好漂亮的女孩儿，我连夜抱去交给你娘，她不敢留在北京，就连夜抱着去新疆找你了！"

福晋此语一出，高寒呆住了，王爷也呆住了，两人的目光都紧紧地盯着福晋。福晋凄然地瞅着王爷半晌，才哽咽着喑哑地说："请原谅我！那孩子粉雕玉琢，才出生就会冲着我笑，我下不了手。周嬷失去儿子，已经痛不欲生，让她带着孩子去和亚蒙团聚，也算……我们积下一点阴德，我怎么想得到，她居然没有找到亚蒙？"

福晋说着，泪水已夺眶而出，她一转身激动地握住了高寒的手臂，热切地抬起头来，含泪盯着高寒，真挚地说："不要再来找我们了，我们已经是两个无用的老人了！不要再去找雪珂了，她已经罗敷有夫，另有她的世界和生活了！去……去找你的娘和你的女儿吧！她们现在正不知流落何方，等着你的援手呢！"福晋顿了顿，眼光更热切了，"亚蒙，对过去的事，我们也有怨有悔，请你，为了我和王爷，为了雪珂，立刻去寻访她们两个吧！"

高寒凝视着福晋，眼底的绝望逐渐被希望的光芒给燃亮了。

晚上，高寒和阿德坐在客栈房间里，就着一盏桐油灯，研究着手里的地图。

"从北京到喀拉村，这条路实在不短，前前后后又要翻山越岭，又要涉过荒无人烟的沙漠……我娘带着一个刚出世的孩子，怎么可能凭两条腿走去？再加上，这条路又不平静，有强盗有土匪，有流窜的清军，有逃亡的人犯……什么样的人都有。我真担心，我娘和那孩子……会有怎样的遭遇！"

"少爷！"阿德背脊一挺，诚挚地说，"我们可以一个村落又一个村落地找过去，一个人家接一个人家地问过去！总有几个人会记住她们吧！"

"八年了！阿德！"高寒痛楚地说着，"八年可以改变多少事情！"他背着手，开始在室内走来走去，"我简直不知道要从哪一条路、哪一个地方开始找！"他忽然站住，眼里幽幽地闪着光。

"或者，我们应该去一趟承德！"

"承德？"

"是的，承德。"高寒望了望窗外黑暗的苍穹，再收回眼光来凝视阿德，"我们应该去一趟承德！"他的语气中带着渴盼与期望。"雪珂在承德不知道过得好不好？对于我娘和孩子，不知道她那儿有消息没有？我娘她没受过什么教育，又是个实心眼儿的妇人，她在动身以前，应该会想法子和雪珂通上消息……对！"他一击掌，"我们立刻动身去承德！"

"好！"阿德二话不说，站起来就整理行装，"我这就去雇一辆马车来，少爷，你等着，一个时辰之内就可以动身了！"

高寒一怔。

"阿德！"

"是！"

"你不阻止我吗？我记得，在我们动身来北京之前，我义父是这样对你说的：'阿德，你好好给我护送他到北京，如果是寻亲呢，就帮他去寻，如果是去找雪珂呢……就把他给我押回到福建来！'"

阿德抬头，对高寒微微一笑："是的，我家老爷是这样命令我的！"

"那么，你不预备阻止我？"

"少爷，"阿德对高寒更深地一笑，"从我们在大西北相遇，我们在一起也有七个年头了，七年里，你的心事瞒不过老爷，也瞒不过我阿德！你现在已经下了决心要去承德了，你是寻亲也好，寻妻也好，我有什么'力量'来阻止你九年来的'等待'呢？既然没有力量来阻止，我就只好豁出去，帮你帮到底！反正老爷远在福建，鞭长莫及！何况，这寻亲与寻妻，一字之差，又是很相近的样子，我阿德念书不多，弄不清楚！"

高寒激赏地看着阿德，虽然心中堆积着无数的问题，却被阿德引出了笑容，重重地拍了阿德的肩膀一下，他心存感恩地、真挚地说："阿德，你和我名为主仆，实则兄弟，更是知己。"他突然出起神来，"你知道吗？当年雪珂身边，也有这样一个人，名字叫作翡翠……不知道她还在不在雪珂身边。唉！"他叹了口长气，"原来雪珂生了个女儿，算一算，那孩子已八岁整了，不知道现在这一刻，她在什么地方？做些什么？快不快乐？好不好……"

小雨点绝对不知道，她的爹和娘都距她只有咫尺之遥。她在罗家当着小丫头，努力烧火，努力擦桌子，努力扫地，努力洗衣服，努力做一切一切的杂务……当然，还要帮罗老太太捶背捏肩膀，帮冯妈扇扇子，帮玉麟小少爷抓蟋蟀绑风筝……她虽然只是个小丫头，却忙得昏天黑地。她唯一的朋友，是和她住一个房间的另一个丫头，比她大四岁的碧萝。当然，她好希望去服侍那位格格少奶奶，但是，她能和雪珂接近的时间并不多。

玉麟只有五岁，天真烂漫。在家中，他是唯一的独子，是罗老太的心肝宝贝，他得天独厚，养尊处优，要什么有什么，独独缺少儿时玩伴。自从小雨点进门，玉麟高兴极了，总算找到一个比他大不了多少的小朋友，他对小雨点是不是丫头这一点，完全置之不理，就一片热情地缠住了小雨点。

小雨点在罗家遭遇的第一场灾难，就是玉麟带来的。

这天，玉麟兴冲冲地冲进厨房，一把抓住小雨点，就往花园里跑。

"小雨点，你快来！"

"干什么呀？"小雨点不明所以，跟着玉麟，跑得气喘吁吁。

玉麟站在一棵大树下，指着高高的枝丫。

"瞧！树上有个鸟窝儿，瞧见没？"

"瞧见啦！"

"我要爬上去，把它摘下来送给你！"玉麟摩拳擦掌，就要上树。

"不要！不要！"小雨点吓坏了，慌忙去拉玉麟，"这么高，好危险，你不要上去……"

"怕什么？"小男孩天不怕地不怕，推开了小雨点，"爬树我最行了！我把鸟窝摘给你，你有小鸟儿做伴，就不会天天想你的奶奶了！"

玉麟说做就做，立刻手脚并用，十分敏捷地冲树上爬去。小雨点仰着头看，越看越害怕，越看越着急："小少爷！不要爬了！我谢谢你就是了！我真的不要鸟窝儿呀！你快下来嘛！"

玉麟已经越爬越高，小雨点急切的嚷嚷声更激发了他男孩子的优越感。他一定要爬上去，一定要摘到鸟窝儿。他伸长手，就是够不着那鸟窝，他移动身子，踩上有鸟窝儿的横枝，伸长手，再伸长手……快够到了，就差一点点……突然间，咔嚓一声，树枝断了，玉麟直直地跌落下来，咚地摔落在石板铺的地上了。

"小少爷!"小雨点狂叫着扑过去,看到玉麟头上在流血,她吓得快晕过去了,"冯妈!碧萝,老闵,老萧……"她把知道的人全喊了出来,"少奶奶,二姨娘,老太太……快来呀!小少爷摔伤了呀!"

接着,罗府里便是一场惊天动地的大混乱。大夫来了,罗至刚也从铺子里赶回来了,嘉珊哭天抢地,只怕摔坏了她这唯一的儿子。老太太更是急得三魂少了两魂半,全府的丫头仆佣熬药的熬药、送水的送水、端汤的端汤、打扇的打扇……连一向不大出门的雪珂和翡翠,也挤在玉麟房里,帮忙卷绷带包伤口。

终于,大夫宣布只是小伤,并无大碍。玉麟也清醒过来,笑嘻嘻地在那儿指天说地,惋惜没摘到鸟窝儿。当大夫送出门去了,一场虚惊已成过去,罗老太太开始追究起责任来了。

"是谁让他去摘鸟窝的?"

小雨点一直跪在天井里那棵大树下。自从玉麟摔伤后,她就依冯妈的指示,跪在"犯罪现场"。

"是小雨点!还跪在那儿呢!"冯妈说。

"新来的丫头?好大的狗胆!"至刚眉头一拧,"冯妈,去给我把家法拿来!好好惩治她一顿!"

雪珂心中一慌,本能地就往前一拦。

"算了!至刚,都是小孩子嘛!骂她两句就好了!何必动用家法呢？"

"你说什么？"罗老太太惊愕地看着雪珂，"她犯了这么大的错，你还为她求情，真是不知轻重！冯妈！给我重打！"

于是，在那棵大树下，冯妈拿着家法，抓起小雨点，重重地打了下去，全家主仆都站着围观。

"冯妈，"至刚说，"重打！问她知不知错？"

冯妈的板子越下越重，小雨点开始痛哭。她跟着奶奶流浪许多年，风霜雨露都受过，饥寒冻馁也难免，就是没挨过打。奶奶一路对她嘘寒问暖，大气儿都没吹过她一下。现在当小丫头，才当了没多少日子，就挨这么重的板子。她又痛又伤心，竟哭叫起她那离她远去的奶奶来："奶奶！你在哪里？你怎么不管我了？不要我了？奶奶！我不会当丫头，我一直做错事……奶奶呀！奶奶呀……"

"反了！反了！"罗老太太气坏了，"居然在我们罗家哭丧！冯妈，给我再重打！"

冯妈更重地挥着板子，小雨点的棉布裤子已绽开了花。雪珂忍无可忍，往前一冲，急急地喊："够了！够了！别再打了！娘！她这么小的一个孩子，怎么受得住啊？娘！我们是积善之家，不是吗？我们不会虐待小丫头的，不是吗……"

"格格！"翡翠惊喊。

来不及了，罗老太太的怒气已迅速蔓延到雪珂身上，她转过头来，锐利地盯着雪珂。

"你说什么？虐待小丫头？你有没有问题？这样偏袒一个丫头，你是何居心？看来，你对'下人'已经偏袒成习惯了？"

一句话夹枪带棒，打得雪珂心碎神伤。至刚斜眼看了雪珂一眼，是啊！这个让他一辈子抬不起头来的女人，在罗家待了八年，像一湖止水，就没看到她对什么人动过"感情"，这种时候，却忽然怜惜起一个小丫头来了？

"冯妈，家法给我！"

至刚大踏步跨上前，一把抢下了家法。

"至刚！"雪珂惊呼，"打小丫头，也劳你亲自动手吗？"

"如果她能劳你亲自袒护，就能劳我亲自动手！"

至刚怒吼一声，板子就重重地落下，一下又一下，他打的不是小雨点，是他对雪珂的怨、对雪珂的恨。小雨点痛得天昏地暗，哭得早已呜咽不能成声。雪珂不敢再说任何话，只怕多说一句，小雨点会更加受苦。但是，看着那家法一板一板地抽下，她的泪竟无法控制地夺眶而出了。

"好了！够了！"终于，老太太说话了。

至刚丢下了板子，一回头，看到了雪珂的泪。

"跟我来！"他扭住雪珂的手臂，直拖到卧房。"你哭什么？"

他恶狠狠地问。

　　"哭……"雪珂战栗了一下，"好可怜的小雨点，她莫名其妙就代我……代我受罚！"

　　"你知道的！是吗？你就这样看透我！"至刚咬牙切齿，伸手捏住雪珂的下巴，捏紧，再捏紧，他恨不得捏碎她，把她捏成粉末，"不要考验我，我不是圣人，你让我受的耻辱我没有一天忘记过！总有一天，我会跟你算总账的，总有一天！"

　　雪珂被动地站着，什么话都不敢说。

　　这天晚上，小雨点昏昏沉沉地醒来，只见到雪珂正用药膏为她涂抹伤口，她涂得那么细心，她的手指如此温柔而细腻，小雨点觉得，就是有再多的伤口，也没什么大关系了。上完了药，翡翠已拿来一床全新的被褥为小雨点轻轻盖上。雪珂拉着被角，细心地塞在小雨点身子四周，一边塞，一边对碧萝说："你要帮忙照顾着她，因为小雨点伤成这样，一定要趴着睡或侧着睡，别让她压着伤口，好不好？"

　　"是的，少奶奶，我会的！"碧萝应着。

　　雪珂凝视着小雨点，不知怎的，泪又来了。

　　小雨点用胳膊撑起身子，十分震动地抬起一只手来，为雪珂拭着泪，她痴痴地看着雪珂，痴痴地说："少奶奶，你怎么对我这样好啊？刚才为我求情，现在又亲手为我上药，还给我一床新被子，还为我掉眼泪，我……我不过是个小丫头呀！"

　　雪珂无言以答，只感到心痛无比。那种心痛难以言喻，像是自己的心脏和神经全被一只无形的大手捏着，捏得快要碎了。

伍

FIVE

我要留下来，我要找出答案，我要……救我的雪珂！

　　这天是阴历十五。

　　每逢初一和十五，雪珂照例要去庙里上香。以前在北京时，她去香山，去卧佛寺，去碧云寺。现在到了承德，她最常去的是普宁寺。其实，去普宁寺是罗老太太的习惯，初一、十五也是罗家上香祈福的日子。对雪珂来说，任何庙宇代表的意义都一样，任何菩萨代表的意义也都一样。站在菩萨面前，她已不再为自己的未来祈祷，只为远在天边、音讯全无的亚蒙、孩子、周嬷祈祷：相思相见知何日？此恨绵绵无绝期。但愿人长久，千里共婵娟！

　　这天，三辆马车浩浩荡荡而来，罗家全家到了普宁寺。

　　寺前，有一个大广场，场中照例有各种小贩在卖东西，有的卖香烛，有的卖捏面人，有的卖鞋子，有的卖风筝和日用品……庙前，总是蛮热闹的。来上香的达官贵人和善男信女多半都扶老携幼，所以，男男女女、老老少少，几乎各种人等，都会在庙前来往穿梭。

这天，罗家大小到了普宁寺；这天，高寒主仆也到了普宁寺。

寺边有一棵大树，高寒隐在那棵大树下，已经足足等了两个多时辰了。阿德骑着一辆脚踏车，在寺前寺后、广场上、偏殿上、马路上……各处巡逻，不时骑过来对高寒简报一下："还没看到他们来，但是，他们一定会来的！我已经打听得清清楚楚，不会出错的！"

过了一会儿，阿德又骑过来，再三叮嘱："少爷，见着了人，你可不能莽撞，先远远地瞧一瞧是怎么个情景再说，她身边一定跟着许多人，你可别打草惊蛇，弄得不可收拾！"

"阿德，"高寒压抑着，叹口气说，"你放心吧，我又不是三岁小孩，我知道轻重利害的！今天，我什么都不会做，我只要先看看，王爷说她过着幸福快乐的日子，到底是真是假……"

"嗬嗬，少爷，"阿德看着高寒，摇摇头，"我对你还真有点不放心，你怎么可能看一眼，就知道人家是幸福还是不幸福？"

"会知道的！"高寒深深地呼吸着，眼光落在每一辆新到的车子上，搜寻着记忆中的身影，"我只要看一眼，我就能'断定'她在过怎样的日子……"他陡地一震。"来了！"他全身的神经都紧张起来，"来了！这三辆马车，一定就是了！"

第一辆车子停下，冯妈扶出了罗老太。

第二辆跟着停下，翡翠搀出了雪珂。

"翡翠！雪珂！"高寒低喊着，再也看不到其他下车的人了，他的眼光死死地盯着雪珂。雪珂雪珂，这名字，在醒时梦里，他都呼唤了千千万万次！这面庞、这眼睛、这身形……在每个记忆中，都如此鲜明。而现在，雪珂竟在眼前了！依然是秀发如云，依然是身材袅娜，依然是亭亭玉立，依然是眉眼盈盈……高寒的心狂跳着，手心里沁着冷汗，整个人往前扑着，似乎随时准备冲出去。

"少爷！"阿德警告地喊，低声说，"你就站在这儿别动，看着就好，千万别出去！罗家似乎全家出动了！"

一个小男孩，忽然对着树下飞奔而来。

"娘！娘！"玉麟喊着，"有个小猴儿！好可爱的小猴儿！我要小猴儿！"

嘉珊正在扶着老太上台阶，雪珂急忙追着玉麟过来。

"玉麟！"雪珂嚷着，"别乱跑呀！快回来，等会儿奶奶生气了！"

"不行不行！"玉麟直奔到树下，站在一个卖猴子的小贩面前，兴奋无比地嚷，"我要小猴儿！"

雪珂追到树下来了，一把牵住玉麟的手。

高寒差点从树后面栽了出去。

"原来，她已经有个儿子了！"高寒的手指深深嵌进树干的隙缝中去，"她和罗至刚的儿子！那么，她不会再眷恋那失去的女儿了！"他觉得心中隐隐作痛，情绪激动澎湃，简直不能自已。

"好了，别叫奶奶等咱们！"雪珂要拉玉麟走。

"不要嘛，我要跟小猴儿玩！"

原来，树下有个年轻人，手里牵了只小猴子，肩上又坐着两只小猴子，正在那儿卖猴子。

"这位太太！"年轻人对雪珂笑嘻嘻地说，"给你的少爷买只小猴儿吧！小猴儿通人性，又会表演！来！给小少爷敬个礼，敬礼！敬礼！"年轻人把肩上的猴子一逗，那猴儿真的对玉麟敬了个礼。玉麟乐坏了，拍手直笑。

小猴儿见玉麟拍手，也拍起手来。

玉麟简直着迷了，缠着雪珂，直嚷直叫："给我买小猴儿嘛，不管不管，我要小猴儿嘛！"

雪珂回头望，老太太已经站定，对这边不耐地看过来。雪珂心一慌，拉着玉麟，急着想走。

"玉麟乖，你瞧奶奶生气了！"

年轻人急忙上前，笑嘻嘻地对雪珂一拦："别急着走哇！太太！你家少爷心地好、模样好，养只猴儿可以训练他的耐心，对他有百利而无害！何况，看你们这样子，也知道你家大富大贵，猴儿卖得便宜，只要十个铜板，买了吧！"

"对不起，"雪珂赔笑地看着年轻人，"我们家不能养小动物，小孩子不了解家里的规矩，对不起……"

雪珂话未说完，老太、至刚、翡翠都已来到身边。

翡翠一脸着急地喊："格格！"

"格格？"老太的声音高了八度，"什么时代了，还有格格？哪有个格格如此轻浮，上香不进庙门儿，尽在庙外面磨叽？这儿是有观音呢，还是有如来？"老太怒瞪着雪珂，"到罗家这么多年了，规矩还没学会吗？"

"娘……"雪珂声音哑了，眼中已迅速充泪。

至刚一步跨上前来，伸手就掐住了雪珂的胳臂，他那练过铁砂掌的手指和铁钳一样硬，紧紧地箍住了她。

"眼泪收回去！"他命令地低语，"你做出这副委屈样子要给谁看？一出门就削我面子，回家让我跟你好好算账！"至刚咬牙切齿，"走！"

雪珂脚步踉跄着，像一个被押解的囚犯，跟着大伙儿走往庙里去了。

高寒血脉偾张，激动万分，一回头，就紧抓住了阿德，痛楚地喊出来："你认为这种样子，像是幸福和美满吗？阿德，我没办法对我所看到的一切置之不理！我要留下来，我要找出答案，我要……救我的雪珂！"

雪珂这天的日子是非常难受的。

一回到家里，老太太就把雪珂的左手往桌上一抛，那左手的小指上，自从断指之后，八年来，都戴着一个纯金的指套。老太指着指套，疾言厉色地说："不要以为已经受过教训，就可以一错再错！这个指套难道还不能让你变得端庄起来吗？你看嘉珊，她虽是二房，也没有像你这样，和一个要猴子的人也能有说有笑，眉来眼去！"

"娘……"雪珂颤抖着喊了一声，想解释。

"不要解释！"老太喝止，厌恶地看着雪珂，"你实在不配喊我娘！八年来，我们罗家一直容忍着你，没把你休了是你的造化！你应该感激涕零才是！为了至刚的面子，我们把所有的羞辱都咽在肚子里，你自己该心里有数，我们对你的容忍和包涵！不要考验我们，不要惹我们，如果你再有一丁点差错，我们不是休了你，没那么便宜！我会让你……"老太从齿缝里挤出声音来，"度日如年的！听见了没有？"

"听见了！"雪珂含泪回答。

这天的罪并没有受完，到了晚上，至刚拎着一壶酒闯入了雪珂房里。

"雪珂！来陪我喝酒！"

雪珂走过去，默默地为至刚斟酒，翡翠忙着从厨房端来小菜，又忙着布碗布筷。

至刚斜睨着雪珂，眼神是阴郁而痛楚的。骤然间，他伸出手去捏住了她的下巴。

"笑！"他命令地说，"对我笑！"

雪珂想挤出一个笑容，却挤出了一滴泪水。

"你！混账！"至刚把雪珂用力一推，雪珂撞上了床柱，差点跌到地下去，翡翠慌忙扶住她，回头惊喊："少爷！"

"你滚出去！"至刚抓住翡翠的肩，就往门外推，"出去！出去！哪有这样不识趣的丫头，杵在别人夫妻中间碍手碍脚！你再这样不懂事，我就把你送到吴将军府里去！看你长得还标致，说不定吴将军会把你赏给他手下的哪个亲信当姨太太！"

雪珂一惊，真的害怕。吴将军是段氏政府中的要员，驻守承德，经常去北京，声名赫赫。至刚虽已退出政坛，却和吴将军拜了把子，一起听戏、一起打猎，也一起做些生意。两年前，罗家有个丫头和一个小厮私奔，就是吴将军帮至刚追了回来，小厮被枪毙，丫头跳了井。至刚则指桑骂槐地对雪珂嚷："我们罗家，一定祖坟葬得不好，怎么总出些丢人现眼的事？以后无论有谁不规矩，绝对逃不出我的手掌心！"

雪珂怕吴将军，承德人人怕吴将军，翡翠也怕。对雪珂无助地看了一眼，翡翠只好怀着一颗不安的心匆匆离去。

翡翠一走，至刚就摔上了房门。

"雪珂，到床上去！"他简单明了地说。

雪珂再也压制不住自己的难堪，她挺了挺胸："我不要！"

"你说什么？"至刚大声问，气得发抖。"你是我的太太，不是吗？你却冷冰冰的像一个冰柱！你身上没热气吗？你却有热气为别人赴汤蹈火！我真想撕裂你、撕开你，看看你这个冷漠的皮囊里，包藏着怎样的一颗心……"他纠缠着她，伸手去拉她胸前的衣服。

"至刚！"雪珂一闪，闪开了他，伸出双手去握住了他那狂暴的手，哀恳地说，"八年了！至刚，我们这种彼此折磨的生活，已经过了八年了！你是这样一个外表英俊、内心善良，带着豪爽之气、侠气之心的一个人，你为什么苦苦地和我过不去？你已经有了嘉珊了，有玉麟了，等于有个好幸福的家庭了！你就把这个不完美的我丢在一边冷冻起来，让我去自生自灭吧！"

"这就是你的期望？"至刚盯着雪珂，声音里夹带着深沉的痛楚和强烈的嫉妒，"你不必用那些冠冕堂皇的字句来形容我！我既不善良也不豪爽，我小气，我自私，我虚荣，我嫉妒……我恨你！"他摇撼着她，疯狂般地摇撼着她，大吼大叫着，"从新婚之夜开始，你就期望我把你冷冻！别的妻子对丈夫唯命是从，巴结讨好，生怕不得宠，你呢？却生怕会得宠！你怎么可以这样羞辱一个做丈夫的心？践踏一个男人的自尊？我恨你！但是，我不让你平静，我也不给你安宁，我更不许你去自生自灭，我就是要折磨你……"

"不！不要！"雪珂凄然地大喊，"你放了我吧！你饶了我吧！"

雪珂想夺门而逃，至刚把她捉了回来，两人开始拉扯挣扎，各喊各的。酒壶酒杯在拉扯中翻落地上，乒乒乓乓地碎了一地。

同一时间，小雨点抱着一沓干净且折好的被单沿着回廊走向雪珂的卧房，嘴里还在喃喃背诵："冯妈交代的，第一件事，给少奶奶送被单，然后第二件事，去二姨太房里收换洗的衣裳，第三件事，去问老太太吃什么消夜，第四……"

小雨点突然站住了，听到雪珂房里惊天动地的声响，又一眼看到翡翠站在门外直发抖。小雨点大惊失色，惊慌地问："是谁……在欺侮少奶奶呀？"

才问完，她又听到雪珂的一声尖叫："不要碰我！请你饶了我，饶了我……"

小雨点不假思索就跑过去把房门一把推开，翡翠忙奔过来要阻止，却已经来不及了，小雨点跑了进去，慌慌张张地喊着："少奶奶！你怎么了？是谁……"

至刚回头看，目眦尽裂。

"又是你这个臭丫头！"至刚一挥手，就给了小雨点一耳光。

小雨点往后翻跌，被单落了一地，她小小的身子摔落在后面的翡翠身上。

这一阵大闹，终于把老太太和嘉珊都惊动了。老太太只看了一眼，心中已经有数，对雪珂不屑地轻哼了一声，她抬头看着至刚，责备地说："什么事值得你这样大呼小叫，闹得全家不宁？"

嘉珊奔过来，急忙用小手绢给至刚擦汗，拉着他的胳臂，赔笑地说："好了！好了！我让香菱重新烫一壶酒来，陪你好好地喝两杯！走吧！"

嘉珊拉着至刚走了。老太太死瞪着雪珂。

"不要敬酒不吃吃罚酒！"老太太的声音坚硬如寒冰，"咱们走着瞧！"一转身，老太太也走了。

雪珂惊魂甫定，和翡翠两人都奔过去检查小雨点。

"小雨点，伤到了没有？前几天挨打还没好，又摔这么一跤，快起来给我看看！"雪珂说，去扶小雨点。

小雨点呆呆地坐在地上，瞪视着一地的被单，不言也不语。

"小雨点，"翡翠不禁怔了怔，"怎么不说话？是不是吓傻了？少奶奶在问你话呢！"

小雨点这才抬头，怯怯地看着两人，脸上挂着两行泪珠。

"我完了！"她小小声地说，"我弄脏了被单，回去冯妈一定要打我的！"

　　雪珂心中一痛，深深地看了小雨点一眼，就一把把她紧搂在怀中。

　　"原来，冯妈常常打你，是不是？"她说，怜惜地摸着小雨点的头，"你奶奶真是选错了人家呀！承德几千几百户人家，她怎么会偏偏把你送到罗家来？"

陆

SIX

雪珂看着高寒的泪，再也忍不住，她往前一冲。

情不自禁地，两人就这样拥抱在一起了。

　　十天后，在承德的清风街新开了一家店，是个二层楼的、古雅的小楼房，里面卖的是古董、玉器、字画、摆饰、印鉴……各种五花八门的小玩意儿。店里的摆设雅致清爽，颇具匠心。店的名字，也很风雅脱俗，名叫"寒玉楼"。

　　转眼间，到了初一，又是罗家去普宁寺上香的日子。

　　有了上次的教训，这次雪珂紧跟在罗老太太身边，寸步不离，目不斜视。上完香祈完福，广场上有些什么小贩行人，她全都不知道。出了庙门，先把老太太扶上第一辆车，她和翡翠才往第二辆车走去。刚举步，有个小伙子骑了辆自行车，从坡道上往下滑，大概是刹车坏了还是怎么的，车子直冲过来撞上了翡翠。

　　"哎哟！"翡翠轻喊着。

　　"对不起，对不起！"小伙子直鞠躬，伸手去搀翡翠，闪电般地，已在翡翠手中塞了个小纸条，一面低声说了句，"给格格，要紧要紧。"

骑上车子，小伙子飞一般地去了。

"怎么样，翡翠？"雪珂关心地问，"有没有撞着哪儿？伤了哪儿？"

"没、没、没事！"翡翠结舌地说，眼光追着小伙子，却已人迹杳然，"咱们上车，快走吧！"

回到罗府，雪珂才进卧室，翡翠已急忙关门关窗子。雪珂诧异地看着翡翠，这丫头怎么了？自从在庙门口被撞了一下她就魂不守舍的，脸色苍白。

"怎么了？"她不解地问。

"格格呀！"翡翠低声说，"你瞧这是什么？"

翡翠摊开手掌，掌心里躺着一个打着万字结的纸条，被翡翠握得那么紧，万字结都歪曲了。

"哪儿来的？"雪珂的心脏怦然一跳，感染了翡翠的紧张。

"就是撞我的那个小伙子呀，他塞给我的，还对我说：'给格格，要紧要紧。'"

雪珂的心脏又狂跳了两下，她迅速地取过那纸条。万字结！好熟悉的打法，以前她悄悄给亚蒙写信，总是打个万字结。那时，见一次面好难，也要等到上香，或是跟周嬷嬷上街的时候才见得着，见了面，彼此一定交换一个万字结……可能吗？雪珂的手颤抖着，呼吸急促而不稳定，心怦怦地跳个不停……好不容易，她总算打开了那张纸条，只见上面写着几个大字——

　　寒玉楼
　　承德清风街十五号

她怔忡着，翡翠小声说："后面还有字！"
雪珂把纸条一翻，只见上面写着：

　　小店有洁白美玉一枚，冒昧恳请夫人前来一观！

　　雪珂整个人都惊呆了，抬起头来，她的两眼绽放着光芒，脸色苍白如纸，却在那闪亮的眸子映照下出奇地美。翡翠好多年都没有在雪珂脸上看到过这样的光彩。雪珂一手攥紧了纸条，一手抓紧了翡翠。
　　"他来了！"她低低地、急促地说，"他在承德，他就在这个寒玉楼里。雪中之玉，必然耐寒！这是他对我说的最后一句话！这是他的字迹、他的万字结、他的寒玉楼！……他来了！"她越来越激动，越来越确信。"翡翠，"她眼光狂热，声音迫切，"你要想法子，让我出罗家的大门……让我去见他一面！你要想法子，因为我不能等，我恨不得现在就插翅飞去呀！"

雪珂虽然不能等，她却非等不可。翡翠在罗家，比雪珂更没有分量，她挖空了心机，也想不出怎样可以安排出理由，让雪珂出门一趟。但是，雪珂出不了门，她却可以出门，罗家的一些杂事，买针线、买零食、打油、打醋，以及柴米油盐……翡翠往往是冯妈的下手。以前，她深恨冯妈差遣她出门办事，现在却巴不得冯妈差遣她去办事。终于机会来了，家里的肥皂用完了，翡翠自动自发地出门去买。一出了罗家大门，她就直奔清风街寒玉楼。来接待她的，正是撞她的小伙子。

"翡翠姐，"阿德笑嘻嘻地喊，"我叫阿德，我家少爷在楼上！"

"你家少爷？"翡翠有点迷糊。亚蒙什么时候变成少爷了？这之中有无差错？是不是雪珂一厢情愿地认错了人？

带着满腔的狐疑，翡翠上了楼。

于是，翡翠见着了一别九年的顾亚蒙！

回到罗家，翡翠兴冲冲地从大门一路嚷进来："格格，我遇见舅老爷了！他从北京来度假，住在山庄里，他说，赶明儿要到罗府里来拜见老太太呢！"

"哼！"罗老太哼了一声，舅老爷？她打心眼儿里讨厌那位舅老爷！以前是皇亲国戚，现在已经不值钱了！偏有那种舅老爷，总以为自己的地位永远不变，抓着人就只会谈当年之勇。

"转告舅老爷，他难得度假，不必客套了！"

　　"哦?"翡翠一呆,那"碰了一鼻子灰"的"蠢相"使老太太暗中得意。"那……"翡翠为难了。"格格,"她求救似的看着一脸茫然和焦灼的雪珂,"赶明儿,我陪你去见舅老爷吧!"

　　"对啊!"老太太吸着水烟管,呼噜呼噜的,"见着舅老爷,就说至刚忙,也没时间去拜见了!"

　　"哦!"雪珂好半晌,才应出一个字来。

　　翡翠偷窥了雪珂一眼,主仆二人好不容易才抽身回到卧房里。

　　一关上房门,翡翠就一把抓住雪珂,急切地说:"我见到亚蒙少爷了!他现在换了一个名字,叫作高寒,寒玉楼就是他开的,为格格而开的!原来,他七年前就逃出了喀拉村,在陕西境内遇到了一位贵人,是福建来的高老爷,两人谈得一投机,高老爷就收了亚蒙少爷当义子,改名叫高寒。把他带到福建,做起古玩玉器的生意来,这样一待就是七年,亚蒙少爷一直不肯成亲,还对格格念念不忘,所以,高老爷就派了他的徒儿阿德保护亚蒙少爷来北京寻亲,那徒儿,就是昨天在普宁寺门口撞了我的小伙子!"

　　翡翠太兴奋了,说得七颠八倒毫无章法。雪珂却听得眼睛都直了、声音都哑了。"果然……果然是亚蒙?"她只问重点。

　　"是,是,是!"翡翠一迭声答。

　　"那、那……我怎样才能出去?"雪珂满屋子打转。

"所以，所以……"翡翠咽着口水，从没做过这么大胆的事，喉咙都干了，"你要去见舅老爷呀！明儿一早，我就陪你去见舅老爷呀！"

雪珂瞪着翡翠，好丫头！她没办法再细想了，满脑子都是亚蒙，他来了！他真的来了！他真的来了！亚蒙亚蒙，她心中千回百转地喊着，只要再见你一面，我这一生就死而无憾了！

终于，雪珂和高寒，面对面地站在寒玉楼的楼上了。

寒玉楼关起了店门，阿德泡了一壶好茶，和翡翠在楼下品茶。让雪珂和高寒一叙九年来别后种种。

高寒目不转睛地望着雪珂，雪珂也目不转睛地望着高寒。两人的目光就这样痴痴地、痴痴地纠缠在一起，两人心中都有千言万语，但是，此时此刻，却谁都开不了口。"从别后，忆相逢，几回魂梦与君同。今宵剩把银釭照，犹恐相逢是梦中！"真的，犹恐相逢是梦中！谁都害怕，一开口就把这个梦惊醒了。

时间不知道过去了多久，雪珂的脸上挂下了两行泪珠。

这泪，使高寒喉中哽着，眼眶发热，男儿有泪不轻弹，只是未到伤心处！在新疆，面对狱卒的鞭打，在流亡的岁月里，面对饥寒冻馁，多少悲痛与无助的时刻，高寒从未流过泪，可是，此时此刻，泪却夺眶而出了。

　　雪珂看着高寒的泪，再也忍不住，她往前一冲。

　　情不自禁地，两人就这样拥抱在一起了。

　　许久许久，两人才抬起满是泪痕的脸孔，透过泪雾打量着对方。雪珂抬起左手去揩拭泪水，面前的亚蒙是这样仪表堂堂、英俊儒雅啊！比起九年前，却更有动人心处！

　　她这一抬手，高寒触目所及，是那金指套！他浑身一震，握住了这只手，他紧盯着这指套，颤声说："雪珂，你对我如此情深义重，新婚之夜竟然和盘托出，不惜自毁婚姻，还被迫自残……"

　　"这都是许多年前的旧事了，你何必……"

　　"不！对我不是！"高寒激动万分地说，"许许多多的事情，我昨天才从翡翠嘴里得知，断指不过是不幸的开始！之后，你的丈夫和婆婆便百般折磨你、虐待你！雪珂，八年来你所受的痛苦和委屈，我虽无法尽数皆知，但是，光听翡翠陈述几件事，我已经受不了！你这一切全是为了我，可是在你受苦的时候，我却不能保护你！这……使我心里……加倍加倍地痛啊！"

　　雪珂听着这样的话，九年后，还能听到亚蒙这样体恤的话！血没有白流，泪没有白流。

　　"雪中之玉，必然耐寒！"她低低地、热切地说，"你对我有这样的期许，我自当熬过冰雪和酷寒！今天能够再见一面，所有的等待和艰苦都已经值得了！"

"所有的等待和艰苦，都已经'结束'了！"高寒有力地说，"我终于又找到了你，我们要重新开始，让我来补偿你、回报你……"

"你在说些什么？"雪珂心慌起来，"我不要你的补偿和回报，能再见一面，我已心满意足……"

"哦，你不能！"高寒激烈地喊，"再见一面，才让我们了解彼此爱得有多深、有多强烈、有多持久……带着这样强烈的感情，你怎能回到另一个男人的身边？"他双手握住她的双臂，稳定着她的身子，看进她眼睛深处去。"听我说，上个月十五，我在普宁寺偷偷见了你，当时，我误以为那个小男孩是你的儿子，即使如此，我都没有放弃重新争取你的决心！昨天我听翡翠说，才知道那是二房所生的孩子，你八年来并无所出，那么，你对罗家，应该是无牵无挂了！"

"可是……"雪珂惭愧地说，"八年来，我也未能为你守身如玉啊！"

高寒震动地抱紧了雪珂。

"我若是心里还计较着这个，我就简直不是人！"他再看雪珂，心神俱碎，"雪珂，你是我今生唯一的妻子呀！我——要——你——回——到——我——身——边——来！"

"不！不！不！"雪珂惊慌地喊着，"我们今天能再见一面，已是上天的恩宠，我们不要太贪心！你现在已有义父视你如己出，又将传你家业，你就应该知福惜福，好好报答人家，你应该忘掉我，娶妻生子，为自己开创一个崭新的人生，一个属于高寒的新生命……"

"我已经有妻子有孩子了！"高寒固执地说，"我不需要什么新生命，我要的，是找回我生命中所失去的一切。"

"那一切再也找不回来了呀！现在的我是罗家的媳妇儿，我们都改变不了这个事实……"

"雪珂！"高寒握紧了她的手，深刻地说，"世界上没有'无法改变'的事，清朝都可以变民国呢！问题是我们彼此的决心！难道你不想和我、和我娘，还有我们的女儿，一家团聚吗？"

"女儿？"雪珂太震动了，"你怎么知道是个女儿？"

"你娘亲口告诉我的！我去过王府，见过你父母，我除了找寻你，也要追回我的亲骨肉啊！"

"我娘亲口说的？"雪珂抬头，双眼灼热地闪着光，语音急促而颤抖，"是个女儿？是个女儿？"

"是的！你娘说，她粉雕玉琢的，一出生就会笑！"

"她现在在哪里？在哪里？"

"你娘把她交给了我娘，又给了盘缠，让她们去喀拉村找我……"

"所以，"雪珂迫不及待地打断他，"你们母子、父女都已经团聚在一起了？"

"没有！"高寒凄然说，"我想，我们是在路上错过了！或者，我娘始终没找到什么喀拉村，那本就是个荒凉无比的山区。找不到我，娘也不敢回北京，你知道她，对改朝换代这回事弄不清楚，她怕王爷怕得要死……"

"这么说，孩子跟着周嬷，已经下落不明？"雪珂尖声问，整颗心都扭成一团。

"你别急，"高寒安慰地紧握了她一下，"我想，有一点足以让我们安慰的，是她一定会得到妥善的照顾，我娘会用全心全意来疼她来爱她的！所以……不管她们流落在什么地方，我们那女儿……一定活得很好！"

雪珂怔着。在一日之间，重新见到亚蒙，又知道以前的孩子是个女儿，再知道女儿跟了周嬷，而今又下落不明……这种种，实在让人太震撼了！其中的大悲大喜，几乎不是她所能承受的了。脑中的思绪，在一瞬间已混乱如麻，简直不知从何整理才好。

"亚蒙，亚蒙……"她终于又有力气说话了。

"是。"

"去找孩子！去找你娘！"她急促地说，"放掉我，不要再管我了！如果你对我还有一份情，用到孩子身上去！我求求你……"她的泪又涌了出来。"那孩子，从出生到现在，八岁了！没见过爹、没见过娘……虽有个奶奶，毕竟不能取代爹娘的位置，好可怜的孩子！你但凡还有一些爱我，你就赶快去寻访那祖孙两个！"

"我答应你，我答应你，"高寒一迭声地说，"我去找寻她们，但是，你和我一起去！"

"亚蒙！"她惊喊，"你根本不了解我现在的处境，是吗？"

"至少，想一想！"他迫切地说，"除非……"

"除非什么？"

"除非——你对他已有了感情，毕竟做了八年夫妻！"

"亚蒙！"她再惊喊。

啪的一声，他重重地甩了自己一耳光。

"你干吗？"她去抓他的手。

"应该不嫉妒，应该不要说这句话，应该连想都不要想，应该……"他回身，一拳用力地捶在窗棂上，"去他的应该这个应该那个！"他再回身，眼睛红红的，"想到你马上要从我这儿，回到他身边，我就嫉妒得快发狂了！这种情绪下，你叫我怎能丢下你去找孩子？"

"亚蒙!"她再喊一声,投入了他的怀里,简直柔肠百折,寸寸皆碎了。

雪珂第二次溜到寒玉楼,是趁罗家全家老少都去看戏的时候,她悄悄地和翡翠两个,披着暗绿色的斗篷,就从后门溜出去了。她只有一个时辰可以耽搁,因而见了高寒,她立刻就说要点:"我已经想过几百次几千次,要我跟你一起走,那是绝不可能的事!九年前,我可以和你私奔,那是因为我认定你是我的丈夫……"

"现在,你已经不认我这个丈夫了?"高寒憋着气说,"现在,你认定的是另一个丈夫了?"

"亚蒙,请你讲讲理好不好?"雪珂悲喊着,"以前,我父亲是个王爷,有权有势有人马,我们逃不掉!现在,至刚和那吴将军是拜把兄弟,照样有权有势有人马!两年前家里的丫头莲儿私奔,还是被捉了回来……时代虽然变了,有很多人情世故仍然不变!这个社会,对于不贞不洁的女人,观念也仍然不变!亚蒙……"

她哀声说:"私奔这回事,我做过一次,再没勇气做第二次了!"

"听我说!"他抓住她的双肩,语气激烈,"我们不私奔,我们去找那个罗至刚，晓以大义！他也是读书人，他也知道你和我成亲在前……"

"不！"雪珂恐惧地退后一步，紧盯着高寒，"你不了解至刚，他不会放了我的！你的存在是我全身洗刷不掉的污点，是他这辈子最深刻的耻辱，你如果出现，他会杀了你的！"

"雪珂，"高寒挺了挺背脊，"如果怕死，我今天也不会来承德了！"

"好，好，你不怕死！"雪珂忍着泪，哽咽地说，"但是，我怕！我好怕好怕你会死，现在，已经不是为了我怕，而是为了我们那苦命的孩子而怕！"她捉住他的衣襟，哀求地拉扯着，"亚蒙，我们都是成年人了，不要再做不成熟的事！请你想想我们那失踪的孩子，就算你不想她，也请你想想你的老娘吧！那周嬷，她今年都已经五十好几了……"

"五十四岁！"高寒忍不住接口，"明天，就是她老人家五十四岁的生日，你忘了？"

雪珂一怔，她确实忘了。在罗家，每天面对的日子都像打仗，她怎么会记住周嬷的生日？雪珂心中恻然，那周嬷，算来也是她的婆婆呢！罗老太太每年过寿，她三跪九叩行礼如仪，家里张灯结彩贺客盈门，而周嬷的生日，她却给忘了！

"哦！明天是她老人家的生日！"雪珂悲凉地说，"我一定要在房里，给她遥遥地磕个头，祝她老人家长命百岁！"她蓦地仰起头来，更哀切地恳求着："你瞧！你娘已经五十四岁了，带着一个小女孩，她怎样谋生，怎样过活呀？也许她们祖孙两个相依为命，正到了山穷水尽的地步，也许她们正遇到什么困难，却叫天不应叫地不灵……而我们两个，还坐在这里空谈！我们这样麻木不仁，还算是为人子，和为人父母的吗？"

"好了！好了！你不要激动。"高寒握紧了雪珂，"你要我怎么做，我听你的，行吗？"

"去找周嬷去！去找孩子去！"

"雪珂啊，你以为我不想找她们吗？但是中国这么大，你让我从何找起？本以为你会有她们的消息……我娘怎会不设法跟你联络呢？连你都没线索，我要去找她们，真像大海捞针一样难啊！"

"你可以从北京开始，一路找到新疆去……"

"对！你这个想法，和我一样……"

"那么，你还犹豫什么？"她大喊着，"你去吧！马上去吧！求求你去吧！"她摇撼他，一迭声地喊，"求求你，求求你，求求你……"

高寒凝视着雪珂，终于点下了头。

雪珂一个激动，泪水又滚落了面颊。高寒痛楚地把雪珂一搂，雪珂的泪从他的肩胛，一直烫到他的五脏去，烫得他整个心胸无一处不痛。

　　"不过，答应我一件事！"他哑声说。

　　"什么？"她哽咽地问。

　　"如果我找着找着，还没找到结果，就又突然跑回承德来，请不要生气！毕竟，我娘和孩子下落不明；而我那生死相随、天地为证的妻子，却在承德呀！"

　　雪珂的泪，更加汹涌而出，一发不止了。

雪
珂

柒

SEVEN

小雨点！小雨点！她心中疯狂般地大喊：我那苦命的孩子啊！

　　在罗家的后院，还保存着一个古老的磨坊。老太太喜欢吃自己家磨出来的豆浆和自己家做的豆腐。所以，小雨点和碧萝这些日子以来，常常彻夜在磨坊磨豆子。那石磨是相当沉重的，两个孩子必须把身子整个挂在横杠上，才能用本身的重量，推着那石磨往前转动。

　　这晚，两个孩子又在磨豆子，小雨点看起来神思恍惚。

　　"碧萝姐姐，"她忽然抬起头来问，"咱们若是想出去，该怎么办呀？"

　　"出去？不可能的！"碧萝诧异地说，"除非是像今儿个出去看戏，就会带绿姐蓝姐去伺候茶水，不然，就是派出去买东西……那都是大姐姐们才有的份儿，轮不到咱们头上！"

　　"那……"小雨点急了起来，"那我都不能去看奶奶了吗？明儿是我奶奶的生日呀！以前奶奶过生日，我都会剪寿字图给她，我们一起吃蛋、吃面，现在她不在了，我想，把寿字图和面线，摆在她坟前给她……"

碧萝一呆。

"唉，你想想就算了！要不然就在咱们房里摆一摆吧！你要出罗家大门，是不可能的事！"

小雨点直起腰来，石磨也跟着停了。她想了想，忽然往磨坊外面飞奔而去。

"我去求冯妈去！"

"哎，小雨点！小雨点！别找骂挨呀……"碧萝眼看小雨点已跑得无踪无影，慌忙跟着跑出去。

果然，冯妈气得掀眉瞪眼。

"上坟？你当你是千金小姐，还是怎的？又不是清明，又不是七月半，你好端端地要上坟？不许去！"

"可是，"小雨点急急地说，"明儿是我奶奶的生日……"

"死人还过什么生日？"

"冯妈，求求你让我去，我很快就回来嘛！你交代给我的工作，我一定做完，我还加倍做……"

"不许就是不许！"冯妈厉声说，"你们两个，豆子磨完没有？赶快给我滚回磨坊里去！"冯妈伸出指头，对着小雨点头上就是一戳，"你这个小脑袋，一脑袋歪主意，想溜出去玩，门都没有！"

小雨点噙着满眼眶的泪回到磨坊，拼命推着那沉重的石磨，磨子发出咕噜咕噜的声响，每一声都像是无奈的叹息。

第二天上午，罗府发生一件大事，小雨点逃跑了。

罗老太震怒极了，坐在大厅内把所有丫头仆人都叫出来骂，连雪珂、嘉珊、翡翠都侍立一旁听训。幸好至刚一早就出去了，没有参与这场审问。冯妈首当其冲，被老太指着鼻子骂个没停："你怎么带人、怎么教人的？一个小丫头你都管不了？你还能做什么？"

"老太太！"冯妈垮着脸，急急申辩着，"不是我不会带人，是小雨点太顽劣了！她不比其他丫头都来自清清白白的人家，她没爹没娘教她规矩，是老太太可怜她，才收容下来的！打从一进门，她就不肯听话，大祸小祸不知闯了多少，我为了管教她，少不得打打骂骂，谁知她就逃跑了……"

"丢了一个小丫头没关系，"老太气得脸发青，"可是想想看，这丫头跑出去，会说咱们家多少坏话，欺侮她、打她、骂她、虐待她……传出去咱们罗家还做人吗？老闵，你给我派人去把她给追回来！"

"是！"老闵行了个礼，转身就要走。

"回来回来！"老太喊，"你没门没路地到哪儿去找？那孩子在承德还有家人亲戚吗？"

碧萝再也忍不住了，往前面一跪。

"老太太，"碧萝急切地说，"我想小雨点没有逃走，她只是去给她的奶奶上坟去了！"

"上坟？"老太太惊讶极了，瞪着碧萝。

"是啊！小雨点昨晚哭了一夜，剪了好多寿字图，面线也没有，她不敢去厨房里拿，怕冯妈骂她。昨天，她也求过冯妈，让她去上坟，因为今天是她奶奶的生日呀！"

哐的一声，雪珂手中的茶杯落地，砸成粉碎。

老太回头，怒瞪雪珂一眼："你怎么了？"

"是，是，是我不好，"翡翠急忙说，弯腰去拾茶杯碎片，"茶杯太烫，太烫……"

雪珂什么都听不见了。小雨点去上奶奶的坟，因为今天是奶奶的生日，天哪！小雨点，小雨点，小雨点……今年八岁，没爹没娘，只有一个奶奶！承德有几千几百户人家，她奶奶却偏偏将她送进罗家来！天哪，小雨点，小雨点，小雨点……

老太太顾不得雪珂，又掉头去审冯妈。

"有没有这回事？"

"有的！"冯妈低下头去。

"谁知道她那个奶奶葬在什么地方？"

老闪挺身而出："我知道，是在西郊的乱葬岗里。"

"你赶快去把她追回来！"

"是！"

　　雪珂忽然听见了，眼光直直地往前一追："我也去！"

　　老太太眉头一皱，看着雪珂。雪珂的脸色苍白如纸，整个人瘦骨伶仃，似乎风吹一吹就会倒。这女人像个幽灵，她真弄不懂至刚为什么不休了她。嫁到罗家来八年，对什么事都不关心，只有对这个小丫头喜欢得厉害。或者，因为她自己没有孩子吧！是的，她对玉麟也是疼得厉害。老天为了惩罚这个女人的不贞，所以，不给她一男半女！她生命中，必然也有缺陷吧！老太这么一想，心中竟掠过一丝悲悯之情。虽然追一个小丫头，实在犯不着劳师动众，但雪珂自告奋勇要去，就让她去吧！

　　"翡翠，你跟着去！如果她真在上坟，带回来就是了！不必过责，总算她是一番孝心！如果是跑了，给我一路寻访一下，去那个什么客栈问问，想办法追回来！"

　　"是！"翡翠忙不迭地点头，忙不迭地追着雪珂而去。

　　上了马车，老闵才发动了车子，雪珂就一把握紧了翡翠的手，握得那么紧，把翡翠都握痛了。雪珂眼里有焦灼，有期待，有惶恐，有渴望……有泪。翡翠对雪珂悄然摇头，指指马车上的老闵。雪珂的牙齿咬住了下嘴唇，要克制自己，要克制自己……她拼命地咬住嘴唇，手指掐进了翡翠的手心里。

　　车子停在乱葬岗，雪珂和翡翠跳下车来。

　　乱葬岗到处都是无主的孤坟，天际秋云密布，地上落叶乱飘。雪珂一抬眼，就看到乱坟深处，小雨点孤独的身影正跪在一堆黄土之前。她那小小的个子，在那绵延无尽的山峰与乱冢间，显得那么渺小、那么凄凉。雪珂的心脏一下子就收紧了，收成了一团，说不出来地痛。

"老闵！你在这儿等着，我和翡翠去劝她！"雪珂命令地说。

到罗家以来，这是第一次，她对老闵用了命令的语气。

老闵点头。

雪珂和翡翠一脚高一脚低地直奔小雨点而来。

雪珂触目所及，是墓碑上那潦草的四个字——周氏之墓。

"啊！"雪珂悲呼一声，两腿一软，双膝点地。翡翠眼中一热，泪水盈眶，跟着也跪下去了。

"少奶奶！翡翠姐姐！"小雨点惊呼着，不胜惶恐之至，回过身子呆望着雪珂。"对不起，对不起，对不起，"她一迭声地说，"我一定要来给奶奶上坟，跟她说说话，我有好多好多话，一定一定要告诉奶奶，对不起，害你们来找我！"

雪珂一眨也不眨地盯着小雨点，那两道清楚的眉毛、那挺直的小鼻梁、那眼神儿，分明就是亚蒙第二，怎么自己竟看不出来？那嘴巴和脸庞儿竟是自己的缩影啊！小雨点！小雨点！她心中疯狂般地大喊：我那苦命的孩子啊！伸出手去，她颤抖地握住小雨点的肩，激动得不能自已。

"少奶奶，你怎么了？"小雨点不解地问，有些害怕，"你生我的气了？"

"不不不！"雪珂哑着嗓子，凄楚至极，"我不生你的气，我生我自己的气！小雨点，请你好好告诉我，你奶奶有没有跟你说过，你的爹呢？你的娘呢？"

"我娘……死了！"小雨点有点犹豫地说，"我爹，他在新疆采矿，新疆好远好远，我还是个小娃娃的时候，奶奶就带着我去新疆找我爹，可是没找着。然后，我们就一直找一直找，到过许许多多地方，都没找到。后来，奶奶病了，就为了给奶奶治病，我才被卖进来当丫头，现在奶奶走了，我也再不能去找我爹了！"小雨点说着，泪水就滚落面颊。

雪珂的手更加颤抖了，声音更加沙哑了："小雨点，你的生日呢？是几月几号？"

"是六月初十！"小雨点冲口而出，"奶奶说，我娘生我那天正在下雨，奶奶抱着我，看到满湖里都是小雨点，就说，取个容易带的名字吧，就叫我小雨点！"

翡翠用手蒙着嘴，情不自禁地哭出声音来。往周嬷坟前移了两步，她虔诚地磕下头去。

雪珂则一把紧拥住小雨点，泪珠疯狂般地滚落，她语无伦次地一连声地说："好了！好了！现在你到我身边了！我的小雨点儿！你的奶奶……她用心良苦！在她去世以前，原来，原来……
做了这么周到的安排！老天哪！"她推开小雨点，也对周嬷磕下
头去。周嬷周嬷，我们母女已经团圆，你在九泉之下请安息吧！

小雨点十分困惑地看着雪珂和翡翠，吸了吸鼻子，她太感
动了。

小小声地，她说："你们都给我奶奶磕头呀？为什么呢？"

"因为，"翡翠站起身来，首先稳定了自己，认真地说，"你
奶奶，是世界上最伟大的奶奶，我们和你一样尊敬她、爱她！"

小雨点严肃地点点头，接受了这个理由。回头，她对周嬷的
坟低声说："奶奶，有这么多人来看你，你一定很高兴吧！"

雪珂忽然从地上直跳起来，紧张地抓住翡翠。

"老天啊！不知道亚蒙出发了没？咱们得赶紧带她去寒玉
楼呀……"

翡翠大惊失色，立刻用力扯住了雪珂。

"我们要赶紧回罗家去！老闵在看着，老太太在等着……
小雨点是罗府的丫头，你是少奶奶！什么都没改变！走！我们
赶快回去，你镇定一点，唯有你镇定，我们才能从长计议！格
格呀……"她低喊着，"别害了小雨点，别害了……寒玉楼的主
人呀！"

雪珂泪盈盈，无言以对。

　　小雨点望着都成了泪人儿的雪珂与翡翠，困惑极了，怯生生地说：“你们不要哭了嘛！我不是故意犯错的，现在给奶奶过完了生日，回去受罚我也甘愿了！”

　　“不不不！”雪珂激动地喊，“再也没人能罚你，我再也不让任何人来动你！我不许！不许！”

　　“格格，”翡翠忧心忡忡地说，“你这样子，怎么回去呢？”她抬头看看，深深地抽了一口气，“老闵过来了！我们快走吧！”

　　一回到家里，冯妈就气冲冲地冲上来。

　　“你好哇！可给逮回来了！”

　　冯妈说着，就要伸手。雪珂一步向前，护住小雨点，厉声说：“走开！不许碰她！”

　　冯妈顿然站住，一脸的错愕。

　　翡翠赶紧对小雨点说：“还不快去给老太太跪下！”

　　小雨点立刻上前对老太太一跪，发着抖说：“老太太，我回来了！”

　　老太太沉着脸哼了一声，望着雪珂问：“是怎么个情形？”

　　雪珂的一双眼睛直盯着小雨点，看到她颤巍巍地跪在那儿，她恨不能去扶起她来。老太太的问话她几乎都没有听到。翡翠一急，上前了一步：“老太太！小雨点真的是去了她奶奶的坟前，她根本没有逃跑的意思，请老太太体恤她一片孝心，从宽发落！”

　　老太太听了，虽然心中一动，也有了恻隐之心，但仍然紧绷着脸，严厉地说："不管什么原因，没有得到允许便私自出门，就是不对！小雨点，你是个丫头，丫头就要有丫头的分寸，你上头还有主子呢！你是罗家花钱买来的，咱们供你吃穿用度，你就要听咱们的使唤，不可以随心所欲，要干什么就干什么！你懂吗？丫头有丫头的规矩，这是你的命！你要认命，守好一个做丫头的本分，你懂吗？"

　　小雨点跪在那儿，不住地点头。

　　雪珂站在那儿，却心神俱碎了。

　　"冯妈，"老太太说，"把小雨点带下去！叫她赶快干活儿！"

　　"是！"冯妈拖起小雨点，就沿着回廊，一路拉走了。雪珂的眼光紧紧地追着小雨点，觉得自己整颗心也被冯妈一路拖走了。

　　回到了卧室，翡翠又忙着关门关窗户。

　　"格格，你神志集中一点，醒一醒，咱们真的要好好谈一谈！"翡翠着急地说。

　　雪珂抬起头，热切地看着翡翠。

　　"你快点去！去把小雨点找来！就说我有活儿要给她干，我不能让她待在冯妈那儿，说不定冯妈又会打她、拧她、折腾她……快去，快去呀……"

"格格！"翡翠一把握住了雪珂的手，急切地说，"你冷静下来好不好？"

"冷静？"雪珂抬高了声音，"你怎么可以叫我冷静？原来小雨点，她是我的女儿，我的亲骨肉……"

翡翠吓得脸孔雪白雪白的，扑上去，她飞快地用手蒙住雪珂的嘴。雪珂一惊，接触到翡翠警告的眼神，感到她蒙住自己的那只手冰冷冰冷的，她蓦然醒觉了过来。

"格格，"翡翠低声说，"刚刚这句话，只有你知我知，在罗家屋檐下，你是绝对不许再说的！当心隔墙有耳！万一传到少爷或是老太太那儿，小雨点就永无翻身的余地了！你知道吗？你知道吗？"

雪珂的眼睛睁得骨碌滚圆。

"所以，刚刚就应该把她带去寒玉楼，应该交给亚蒙……哦，老天！"雪珂痛楚地抱住自己的头，真的心慌意乱了，"翡翠，我该不该告诉小雨点真相呢？我不要她叫我少奶奶……"

"格格！你不可以！绝对不可以！"翡翠疯狂地摇着头，"现在，大家的处境都极不安全，你去对小雨点说出真相，你怎么知道她会如何反应，万一小孩子受了刺激，把所有的事都闹开，对你、对小雨点，都是大灾难呀！"

"这也不能，那也不能！"雪珂昏乱地说，"我怎样才能保护

我的小雨点呢？周嬷千方百计地把她送到我这儿来，并不是真要
让她当丫头呀！"

"听我说！"翡翠稳住了雪珂，"眼前我们先沉住气，就当什
么事都没发生，你一定要小心翼翼地，提醒自己不可以和小雨点
太接近，不要露出任何痕迹。然后，明天，我们就说舅老爷快回
北京了，找借口出去，把这事情去告诉亚蒙少爷，大家再商量对
策……好不好？好不好？"

雪珂可怜兮兮地看着翡翠。

"好，我听你的。"她说着，又举步往门口走去。

"你去哪儿？"

"去看看小雨点在干什么。"

翡翠把雪珂抓了回来，按进椅子里。

"我的格格啊！"她低喊着，"你别害她啊！她现在顶多是做
做苦工，一旦身份暴露，她会活不成的！你也会活不成的呀！连
在寒玉楼的亚蒙少爷，也会遭殃的呀！"

雪珂重重地跌进椅子里，此一刻，简直五内俱焚，不知该如
何是好了。

雪

珂

捌

EIGHT

即使为了这段感情付出了这么多的代价，我对于认识雪珂仍然终身不悔！

　　至刚虽然忙着茶庄和南北货的生意，又忙着和吴将军喝酒看
戏打猎寻欢，但是，对家里的一切大小事物，他并非全然不知。
嘉珊是个贤淑而不多话的女子，不会在他耳边嚼舌根打小报告。
老太太威严庄重，除非发生了她无法处理的事，否则，她也不会
用家务事来烦至刚。可是，冯妈就不一样了，冯妈会趁着上茶
倒酒之便，随时透露一些信息给至刚，不管是该说的还是不该说
的，不管是大事还是小事。

　　因而，小雨点去给奶奶上坟，雪珂出门去见舅老爷，雪珂亲
自追回小雨点……种种事情，至刚都知道了。他把每件事都放在
心里，暗中观察着雪珂。有什么事情不对了！他的每根神经、每
个直觉都在告诉他。雪珂的身上脸上，绽放着某种不寻常的热
情，眼睛深处总是闪耀着某种炽烈的光彩，这和她一贯的冷漠，
有了极大的区分。至刚和雪珂相处时间不多，但已足够让他体会
到她那奇怪的狂热。是什么东西引起的？一个小丫头吗？他决心
要把雪珂藏在内心深处的一些东西找出来。

因此，当雪珂禀告老太太要二度去访舅老爷时，他比老太太答得还快："去吧！自从咱们到了承德，你和娘家人见面的机会不多！去吧！但是，去请安可以！去诉苦不行！如果回到家来，让我看到你的眼睛肿肿的，我可不饶你！既然要去，带点礼物去。翡翠，把我上次从吉林带回来的那几根上好人参，带去孝敬舅老爷，请舅老爷也带两盒给王爷！"

雪珂实在太意外了，至刚居然这么好说话！但她没有心思来研究至刚，她全部的意志力都集中在唯一的一件事情上，快去寒玉楼，快把小雨点的事情告诉亚蒙！

雪珂前脚去了寒玉楼，至刚也后脚到了寒玉楼。

雪珂一见高寒，已经悲喜交集，完全不能控制自己，抓着高寒的手，她又摇又喊："谢谢老天，你还没走！"

"我预计明天就启程，真没想到，走之前还能再见到你一面！"高寒震动地说着，眼里盛满了惊喜不舍之情。

"不用去找了！哪儿都不用去了！"雪珂急促地说，又是泪又是笑又是悲又是喜的，"我已经找到了我们的女儿！原来，你娘……她千方百计地，把孩子早已送进了罗家……而我却不知道！"

"什么？什么？"高寒听得糊涂极了，"这么说，你也见过我娘？她在哪儿？孩子在哪儿？"

"孩子在罗家当小丫头呀！名字叫小雨点！你娘……亚蒙，你不要太伤心，你娘已经去世了！她老人家在临终前，安排小雨点到罗家当小丫头，而她自己来不及见到我就客死在长升客栈。昨天，小雨点去西郊乱葬岗祭奶奶，我这才知道她就是咱们的女儿呀！"

高寒目瞪口呆地看着雪珂，简直不知道雪珂在说什么。

"你不懂吗？"雪珂急坏了，"四个多月以前，你娘又病又弱，来到承德，自知已不久于人世，急于想把小雨点交到我手中，但侯门如海，她走投无路下，只好把小雨点卖到罗府来当丫头！"她摇着高寒，迫切地喊，"亚蒙亚蒙，我们的女儿就在我身边呀！但是，我不能认她、不能救她，眼睁睁地看着她在罗家做苦工……我们怎么办呀？亚蒙，你快想办法，救小雨点呀！"

高寒仍然目瞪口呆。这突如其来的消息使他太震动了、太意外了，母亲已逝，女儿竟在罗府当丫头！不不，雪珂一定是想女儿想疯了，才有这样的幻觉！但是，但是，这多像周嬷的作风啊，当年家道中落，她毅然进王府当差，是她唯一能想到的挽救顾家之路。送小雨点去罗家当丫头……高寒突然有了真实感了："你说，我娘葬在哪儿？"

"西郊的乱葬岗，坟上只有四个字：周氏之墓，小雨点说，昨天是奶奶的生日！"

高寒眼睛一闭，痛楚地跌坐在椅子里。

"娘！"他低声说，"娘！你一定已经山穷水尽，才会出此下策吧！"他痛定思痛，泪水夺眶而出。

"亚蒙，"雪珂扑过来，紧张地说，"过几天，我想办法把小雨点带出来交给你，你带了她立刻远走高飞，到福建去……"

"你呢？"高寒瞪大眼睛问。

"不要管我了！我得留在罗家应付一切，让你们能安全撤离……"

"不行！"高寒激动地说，"我们一起走！现在，一家人总算团圆了，我们一起走……"

高寒的话只说了一半，楼下，传来阿德高了八度的招呼声，声音里带着强烈的、示警的意味："哎……这位少爷，你是要找人呢，还是要买东西？小店中有古董、有玉器、有印章、有字画……喂喂，你怎么一直往里闯呢？"阿德声音一凶，"楼上，是咱们的'藏玉楼'，如果你没有和高老板事先约定，是不能上楼的！"

雪珂和高寒大大一惊，急忙分开，正惊疑中，翡翠已闯开门飞奔进来，急促地低语："不好了，少爷来了，八成是跟踪咱们的！亚蒙少爷，快快，有没有什么玉器石头，也拿出一盒来挑……"

　　一句话提醒了高寒，他快步走到古董柜前，取出一个小抽屉，放在雪珂身边的小几上，才放好，阿德上楼的脚步声已咚咚咚直响："莫非您要找罗家少奶奶？她在选玉器呢！来，这边请，我带路！"

　　至刚大踏步地走上了楼，一眼就看到雪珂，正弯腰看着小几上的玉器，翡翠侍立一旁，而那位寒玉楼的主人，正背着手，站在窗边等待着。至刚的眼光，满屋子一扫，窗明几净，是一间挂满字画的、雅致的书房。一时间，竟看不出丝毫的破绽。

　　"少爷！"翡翠惊愕地抬头，"你怎么也来了？"

　　她这样说，后面跟进来的阿德慌忙又打躬又作揖，笑嘻嘻地接口："原来您是罗大爷啊，怎么不早说呢？这我可怠慢了！"说着，就跑到高寒面前："赶快给您介绍，这位就是咱们的高老板，高寒先生！"

　　高寒挺身而立，看了至刚一会儿，拱了拱手："幸会了！"

　　至刚注视着高寒，斯文儒雅，五官端正，眉目间有一股略带忧郁的深沉。此人看来，深不可测。高寒！至刚十分迷糊，十分困扰。抬起手，他也拱了拱。一转身，他盯住雪珂。雪珂已站直了身子，昂着下巴，她直视着至刚，面色非常苍白，眼神非常阴郁。

"你……来干什么？"她问。

"你能来，我不能来吗？"他问，"你又在这儿做什么呢？"

翡翠急急一跺脚。

"少爷！你把格格的一番心意完全破坏了！格格说，下月你过生日，要刻个印章送你，原想给你一个惊喜，不让你知道的，这样一来全泡汤了！"

至刚眼光锐利地扫了翡翠一眼，再盯向雪珂："真的吗？"

雪珂颓然一叹，看来疲倦而萧索。

"没关系了！"她轻声说，不知道是说给自己听，还是说给至刚听，"反正，不管是什么理由，都不会让人相信的。"她转身去看高寒，庄重而严肃地点了点头："高先生，谢谢！"她在抽屉中取了一块佩，"这个玉坠子我先取回去，过两天，翡翠会送钱来！"

"不用不用！"至刚往前跨了一步，"你喜欢的东西，我送了！多少钱，我马上付！"

"八十五元！"高寒只得说。

至刚走过去，拿起玉佩看了看，回头看高寒，眼神里带着研判。

"高老板真是豪爽，算得便宜！"他打开腰间钱囊，取出银票，付清了钱，蓦地一回头："咱们走吧！"

高寒挺直了背脊，眼睁睁地看着雪珂和翡翠，跟着罗至刚头也不回地走了。

　　"说！你们去过寒玉楼几次？快说！"至刚关起房门，把雪珂重重地摔在床上，大声地问。

　　翡翠还来不及开口，雪珂已经回答了："无数无数次！"

　　"你是什么意思？"至刚紧盯着雪珂，眼睛里几乎要冒出火来。

　　"你已经不信任我了！"雪珂从床上爬起身，大声地说，"我也不想再撒谎了！你只需要调查一下，就会知道我舅舅已经回北京了……今天出门的理由根本就是个借口……原来，你答应得爽快，是因为你起了疑心，存心要去捉我的……你瞧，"她的眼神悲苦而愤怒，"我们之间已经如此恶劣了，我要找借口才能出去，你要跟踪我才能确定我的行踪……我们必须这样继续下去吗？你不觉得，这样的日子，对我们两个都是悲剧吗？"

　　至刚忽然有些害怕起来，他又在雪珂眼底看到毅然断指那种壮烈的神韵。他正要说什么，翡翠已扑上前来，哀怨地嚷："少爷！你不要冤枉了格格！你也知道格格这个人，逼急了就会豁出去的！豁出去就什么也不顾的！弄个玉石俱焚、两败俱伤有什么好？弄得大家都活不成，又有什么好？不管怎样，都要给自己一条生路呀！少爷，你要给格格一条生路呀！格格，"翡翠抓着

雪珂的手摇了摇，"你别为了怄气，就胡招乱招，把什么罪名都
扛了下来！你屈打成招没关系，岂不要冤枉很多人？你，也要
给……你身边的人留余地呀……"

雪珂被唤醒了，她震动地、惊慌地看着翡翠，顿时冒出一身
冷汗。差点害了亚蒙，差点害了小雨点！

至刚怀疑地看着翡翠，这丫头如此激动，看来是真情流露，
如果真的冤枉了雪珂？他心中一动，不禁斜睨着雪珂，那凄苦的
眼眸、那无言的悲戚……他心中又是一动。

"翡翠！"他喊，语气已经有些软化，"你们到底去了寒玉楼
几次？"

"两次！"翡翠斩钉截铁地说，"第一次是路过，为了好奇进
去看看。第二次就是今天！"

"为了什么进去？"至刚掉头看雪珂，"雪珂，你说，我要你
亲口告诉我！"

"想为你选一块田黄，"雪珂迎视着至刚的眼光，深吸了口气，
"又看中一块鸡血石，不知道你喜欢哪一样？你什么好东西都有
了，所以，觉得给你选礼物好难好难！"

至刚目不转睛地、一眨也不眨地注视着雪珂。

"从什么时候开始，你对我用起心来了？为什么？"

雪珂垂头不语。

"我再问你一遍，你真的是为我去选生日礼物吗？"

"真的！"

至刚又看了雪珂好一会儿："我希望你不是在骗我，因为，是真是假，大家很快就会弄清楚，那个寒玉楼的底细，我只要稍微摸一摸也会摸清楚！但是，我真心真意希望你没有骗我……八年以来，这是你第一次对我用心……"他近乎苦涩地一笑。"你居然让我受宠若惊呢！"他一伸手，托起了雪珂的下巴，"不过，我不是傻瓜，所以不要愚弄我。很多事，我看在眼里，放在心里！从今天起，不管你以任何理由，你和翡翠都不许单独出门！你要去买什么鸡血石鸭血石，都得和我一起去！让我清清楚楚地告诉你：我不需要意外和惊喜，我只需要你的忠实！"说完，他一把推开她，大踏步地出门去了。

雪珂和翡翠面面相觑。

"他把我们给软禁了？"雪珂不可置信地说，"现在，连寒玉楼都亮了相了！完了！这下子，谁能把小雨点送出去？谁能通知亚蒙让他赶快离开呢？"

同一时间，高寒和阿德正伫立在周嬷的坟前。

找到了这座坟，高寒终于知道雪珂所说的每句话都是真的，不是幻想了。周氏之墓！简简单单的四个字，一抔黄土，荒荒凉凉的一座坟。葬进去的，是多少血泪与坎坷、多少痛苦与辛酸。直到临终，还抱着无法亲自把小雨点交到雪珂手中的遗憾，以及独生子不知下落的牵挂，她走得一定很无奈、很不甘心吧！

高寒跪了下去。

"娘，我不能报答您的亲恩，在您的晚年没有亲身侍奉，还害您为了我到处漂泊流浪，长年受苦受难，最后客死异乡，我真是罪该万死呀！娘，请您原谅我！请您原谅我！"

他重重地磕下头去。

阿德上前一步，也对着周嬷的坟跪下，拜了几拜。

"老太太！"阿德朗声说，"我想，您在天之灵，一定会告诉少爷，与其悲伤不已，不如化悲哀为力量，去救您的儿媳和孙女儿，以求一家团圆吧！唯有一家团圆，您才会含笑于九泉吧！"

高寒被提醒了，看着阿德。

阿德一伸手，扶起了高寒。

"阿德，你说得对！我一定要救出雪珂和小雨点，才不辜负了我娘的一片苦心！"

阿德用力地点头。

"可是，阿德，"高寒心有余悸地说，"今天差一点被罗至刚逮个正着，不知道雪珂回去会面对怎样的局面？那罗至刚会刻意跟踪雪珂，显然是已经怀疑了雪珂。不瞒你说，阿德，我觉得那罗至刚变化多端、阴沉难测……想到我的妻子、我的女儿，都在他的手里，我真是不寒而栗呀！"

"少爷！"阿德卷了卷袖子，"我们雇一辆马车，四匹快马，埋伏在普宁寺，等他们再上香的时候，我们劫了人就走，如何？"

高寒对阿德深深地摇头："就凭你我两个人？大庭广众之下劫人？小兄弟，你毕竟年轻！九年前一个月黑风高的晚上，我计划周全地出奔，仍然被捉了回来！雪珂说得对，这种错误，一生犯了一次就够了，决不能犯第二次！"

高寒仰首看天，天上彩霞满天，半轮落日；高寒俯首看地，地上落叶片片，一堆荒冢。娘啊！他心中辗转呼号，如果您当初不进颐王府，整个故事都不会发生了！但是，他心中一凛：娘啊，即使为了这段感情付出了这么多的代价，我对于认识雪珂仍然终身不悔！

颐亲王府？他脑中飞快地闪过一个念头，王爷，福晋，他们曾经怎样残酷地扼杀了一段感情，造成今日的局面？或者，或者……他心中翻腾汹涌着一句话：解铃还须系铃人！解铃还须系铃人！解铃还须系铃人！解铃还须系铃人……

"阿德!"他精神一振,"明天一早,就备好马车,我们去一趟北京,我要再访颐亲王府!"

阿德重重地点头。

玖

NINE

有冤报冤、有仇报仇，这笔账我和她要一天一天、一月一月、一年一年

地算下去！

王爷和福晋，是三天以后赶到承德的。

对他们两位老人家来说，高寒带来的故事简直不可思议，周嬷已逝，小雨点在罗家当丫头，雪珂身陷水深火热中，求救无门！而雪珂与亚蒙居然又见了面，居然旧情复炽，居然坚持那个在大佛寺有"菩萨做证，天地为鉴"的婚姻才是真正的婚姻……荒唐！王爷乍听之下的愤怒，却被高寒一大篇激昂慷慨的言论给击倒了。

"你责备我不该再去搅乱雪珂的生活！你可曾责备过你自己？就因为你的固执、你的面子、你的门第观念，制造了人间最大的悲剧！你让一对真心相爱的人失去幸福，天天活在绝望中！你让一对母子硬生生地被拆散，最后竟演变成一生一世也挽不回的遗憾！你还制造了一对怨偶，从新婚之夜开始，让整个婚姻就陷入地狱！最悲惨的是，一个和你有血缘关系的小女孩差点送命在你手里！侥幸逃过一劫，整个过程中没有父母的呵护，尝尽世间冷暖，历尽沧桑，最后却陷身在亲生母亲的家里当丫头，母女相对竟不能相认，让那个心碎的母亲，眼睁睁地看着那只有八岁大的女儿受尽鞭笞折磨……你的一念之差，制造了这么多这么多的悲剧，制造了这么巨大的伤痛，你于心何忍？事到如今，你还不想伸出你的援手，来挽救可能发生的更大的悲剧？你还忍心责备我，不该去扰乱雪珂那悲惨的、根本不算是'生活'的'生活'？王爷，你于心何忍？雪珂，她毕竟是你的亲生女儿，小雨点毕竟是你的外孙女！你就预备让她们痛苦一生一世，万劫不复吗？"

王爷被击倒了，他被彻彻底底地击倒了。瞪视着高寒，他不相信地自问着，这个情有独钟、永不放弃的男人，这个谈吐不凡、咄咄逼人的男人，就是自己下令充军到新疆去采煤的人吗？就是自己从雪珂身边硬生生拆散的人吗？老天！如果他所说的句句属实，雪珂和小雨点现在岂不是正在人间最残酷的炼狱里煎着、烤着？

王爷还来不及从激动中苏醒，福晋早已泪流满面，拉着王爷的胳膊，哭着说："我们快去承德吧！我们快去看看雪珂，还有那个小雨点吧！"

于是，王爷、福晋和高寒兼程赶来了承德。一路上，三人第一次这样推心置腹、消除成见地谈话，他们把可能面对的局面、需要保密的事情、希望达到的目的……全都一一分析过了。

王爷也对高寒坦白地说了几句话："正如你所说，我已经不是王爷了！罗家对我，早就没有丝毫的忌讳了。我现在去罗家，主要是观察一下雪珂和小雨点的处境。到底我能救她们到什么程度，说实话，我自己都没有把握！"

"反正，我会在寒玉楼等你们的消息！"高寒诚挚地说，"最起码，你们是我和雪珂之间唯一的希望了！"

高寒去北京的三天中，至刚并没有闲着。他已经约略打听出寒玉楼的底细。高寒来自福建，是某巨商的独生儿子；专做古董玉器的买卖，第一次来承德，主要是想搜购王族遗物，最后竟开设了这家"寒玉楼"，店面开张才不过一个月！至于高寒和亚蒙间的关系，罗至刚就是有通天的本领也无法查出，何况，他连想都没有往这条路上去想过。他打听出来的这一切，使他在纳闷之余，又有种如释重负的感觉。总不能因为寒玉楼的主人仪表不凡，就给雪珂乱扣帽子！这么说来，买鸡血石很可能是真话，如果冤枉了雪珂，岂不是弄巧成拙？

但是，罗至刚不知道问题出在哪里，就觉得心里充满了疑虑，对这个高寒充满了敌意与戒心。寒玉楼！寒玉楼！寒玉楼……这"寒""玉"两个字，就让人心里起疙瘩！高寒名字里有个"寒"字，偏偏雪珂名字里暗嵌了一个"玉"！这种招牌，就犯了罗至刚的大忌，总有一天，他要摘下这块招牌。

王爷和福晋抵达罗家的那一刻，至刚正忙着和承德的官员吃饭，打听这寒玉楼的开张手续是否齐全，因而不在家。那已经是晚餐时间了，老闵一路通报着喊进大院里面去："老太太，少奶奶，王爷和福晋来了！"

罗老太实在太意外了，这王爷和福晋几年都没来过承德，怎么今天突然来了？等到罗老太迎到大厅，就更加意外了，原来王爷的亲信李标、赵飞等四个好手，也都随行而来。王爷还是维持着王府的规矩，出一次门依然劳师动众。

"哎哟！真是意外，你们要来，怎不预先捎个信儿，也让我准备准备？"老太太一面嚷着，一面回头大声吩咐，"老闵，赶快给李标、赵飞他们准备房间和酒菜，冯妈！冯妈！通知厨房做几个好菜，王爷爱吃烤鸭，去烤一只来！香菱、蓝儿、绿漪……去把客房布置起来……"

"好了好了，亲家母，"王爷一迭声地说，"不要客套了，自家人嘛，随便住几天就回去的！咱们因为许久不曾收到雪珂的信，着实有点儿想念她，所以临时起意，说来就来了！"

正说着，雪珂和翡翠已飞奔而来。雪珂一见王爷和福晋，像在黑暗中看到一线光明，眼眶立刻就湿润了。碍于老太太在场，强忍着即将夺眶而出的泪，她颤抖地握住了福晋的手，悲喜交加地喊着："爹！娘！你们怎么来了？"

王爷很快地看了雪珂一眼，如此消瘦、如此憔悴，下巴尖尖的、面庞瘦瘦的、脸色白白的、身子摇摇晃晃的，那含泪欲诉的眼神几乎是痛楚而狂乱的。王爷只扫了一眼，心中已因怜惜而绞痛起来。至于福晋，泪水已迅速地冲进了眼眶，紧搂着雪珂，她无法压抑地痛喊了一声："雪珂啊！娘想死你了！"

"娘！"雪珂喉中哽着，声音呜咽着，心中澎湃汹涌着，有多少事、有多少话想和福晋说呀！真没料到，爹娘会在此时来访，难道父母儿女间竟有灵犀一点？父母已体会出她的走投无路和悲惨处境了吗？"娘！"她再喊，哀切而狂热地瞅着福晋，"你们来了，真好，真好！我也……好想好想你们呀！"

老太太看着，真是一肚子气！这算什么样子？好像罗家虐待了这个媳妇似的！就算罗家虐待了她，这样的媳妇，王爷还希望罗家把她当观音供起来吗？

"嗯哼！"老太太冷哼了一声。"我说王爷啊，"她尖着嗓子，"你们应该常常来看望雪珂才是，免得我们罗家对她有照顾不周之处！你们常来，雪珂也有个地方诉诉委屈，是不是呀？"

"好说好说！"王爷急忙打着哈哈，强忍着心中的一团怒气，他四面张望，"怎么不见至刚？"

"出门干活儿呀！"老太太接口，"时代不同咯，不能像以前那样靠祖宗过日子，家里老的老、小的小，不老不小的也只会吃饭，这么一大家子要养呀，总是辛苦得很！"

　　王爷不好再接口，幸而不久，就开起饭来。大家吃了一顿食
不下咽的饭，席中老太太的话少不了夹枪带棒，数落着雪珂的不
是，数落着生活的困难，偶尔也不忘赞美嘉珊两句，表示这才是
真正的媳妇！又忙着给玉麟布菜，表示孙子也不是雪珂生的……
好不容易，这餐饭总算结束了。好不容易，雪珂和翡翠侍候着王
爷福晋住进了客房。好不容易，等到香菱、冯妈、绿漪、蓝儿等
一干丫鬟仆妇都已退去，不见踪影。翡翠就把房门一关，又关好
窗户，退到门边说："王爷、福晋、格格！你们有话快说，我站
在门边把风！"

　　福晋一反手就抓紧了雪珂，迫不及待地问："小雨点呢？怎
么没见着什么八岁大的小丫头？"

　　"你们怎么知道小雨点？"雪珂惊愕极了。

　　"听着！"王爷低声说，"亚蒙去北京找了我们，把所有的事
都告诉我们了！所以，关于周嬷、关于小雨点、关于你们……我
们通通都知道了！"

　　原来如此！雪珂恍然大悟。她就知道亚蒙会想办法的，就知
道他不会耽误时间的！去北京找王爷，亚蒙不知费了多少口舌，
才能说动守旧的王爷亲自来承德！她凝视着王爷，或者，精诚所
至金石为开？

　　"爹，娘！"雪珂眼泪一掉，声音激动，"你们……没有生我

的气吗？你们从北京来，是来支持我的吗？"

王爷沉重地望着雪珂："雪珂啊，你必须坦白地告诉我，你心里究竟有什么打算？"

雪珂对着父母直挺挺地跪下了。

"爹，娘！请你们为我做主，这个婚姻当初是你们给我套上去的，现在请为我取下来吧！"

"怎么取？怎么取？"王爷纷乱地问，"已经做了八年罗家少奶奶，怎么可能再恢复自由之身？"

"可以的！爹！"雪珂急切地说，"现在是民国了，许多妇女都在追求婚姻平等权！有结婚，也有离婚！我和至刚一开始就错了，我不该嫁他的！现在，爹，娘！你们帮我……我不能再和亚蒙'私奔'，我要名正言顺地和他过日子，我只有一条路，和至刚分得清清楚楚，我要正式和他离婚！"

王爷沉吟不语，福晋忍不住喊出声："王爷，这是咱们唯一的女儿啊！"

王爷抬眼看雪珂，悲哀地说："你这些道理、这些要求，亚蒙已经都对我说了！你们真让我好为难呀！这'离婚'二字对我来说太陌生了！在我的观念里，根本没有离婚这回事！现在，你让我怎么开得出口去向罗家提离婚？那罗至刚虽然凶了一点、跛扈一点，但并没有虐待你呀！"

"爹！你要想办法！"雪珂眼神中，有绝望中最后的期望，"我现在顾不得是非对错，顾不得传统道德，我只知道，当我和亚蒙重逢的时候，连我自己都不相信，经过那样漫长的岁月，在完全被时空阻绝、生死都两茫茫的情况下，结果一见面，感觉竟是那么强烈！原以为自己早就死了心，可是我对亚蒙的心是不死的呀！这份爱和我的生命原来是并存的！九年来，朝夕期望，就是期望有再见面的一天！如今真的相见了，这个震撼，震出了九年来的魂牵梦萦、刻骨思念，也震出了我埋在心底所有的感情！"雪珂一口气诉说着，泪珠已沿颊滴滴滚落。"特别是，发现小雨点这个秘密后，骤然间，我的丈夫、我的女儿都在我的身边，我不能认，却要认至刚为我的丈夫、认小雨点为丫头，这么残忍呀！爹、娘，为我的处境想想看，为我的心情想想看吧！"

"孩子，"王爷终于被逼出了泪，"我懂了！你的心意是如此坚决，这一番肺腑之言，句句辛酸，道尽了你这九年来为情痴苦的心境，我不得不承认你感动了我！好吧！让我试试看，能不能把你从这个婚姻的桎梏里解救出来！我们会尽力而为的！现在，你能不能赶快把那个小雨点带给我们看一看呢？"

"对呀！"福晋拭去泪水，"我们简直等不及要见她呀！"她伸手，扶起了雪珂。

雪珂回头喊："翡翠！"

"是！"翡翠了解地打开门，四望无人，匆匆去了。

"等会儿小雨点来了……"雪珂迟疑地说。

"我们知道！"福晋急急接口，"我们不会露出破绽的！这中间的利害，我们比你还清楚！"

这样，小雨点终于来到王爷和福晋面前了，见到了她这一生中第一次见到的外公外婆。

她毕恭毕敬、小心翼翼地、怯生生地请了一个安。

"王爷万福！福晋万福！"

王爷和福晋都呆住了，目不转睛地看着小雨点，两人都震动得无以复加。这眉、这眼、这鼻子、这小嘴、这神韵……根本就是童年的雪珂呀！如果这孩子是被送到王府来当丫头，大概早就真相大白了。

雪珂一见父母的表情，心中已经了然，不禁又红了眼眶。

小雨点困惑极了，见王爷福晋都不说话，少奶奶也痴痴不语，大家的眼光都集中在自己身上，她有些害怕了。想了想，她顿时醒悟，慌忙跪下去不住地磕头："小雨点忘了规矩，请王爷福晋不要生气！小雨点给王爷福晋磕头！"

这一磕头不打紧，磕得福晋满脸的泪，一句话也说不出来。她走上前去，拉起那小小的身子就紧搂于怀。

"小雨点啊，你受委屈了！"她低声喃喃地说。

"福晋！"翡翠过来请了个安，提醒地说，"小雨点还要去干活儿，不能多耽搁了！"

福晋万分不舍地放开小雨点。

"干活儿？"她惊愕地问，"这么晚了，还干活儿吗？"

"冯妈给了她一排十几个桐油灯罩，"翡翠说，"限定明天早上以前要擦完……"

"那……怎么行？"雪珂一急。

"格格放心！"翡翠说，"我这就帮她去擦！"

翡翠拉着小雨点，急急地去了。

房门一合上，王爷就郑重地看着雪珂："什么都不用说了，我们会尽快提出离婚的要求，解救你和小雨点！"

至刚喝得醉醺醺地回家了。

"什么？王爷和福晋来了？"他脚步不稳地，直闯入客房。"真是稀客呀！"他大呼小叫地说，"爹娘怎么心血来潮，到承德来了？"他瞪了雪珂一眼，见雪珂双目红肿，气已不打一处来。"怎么，"他尖声问，"才见到你爹娘，就迫不及待地哭诉了？哭些什么、诉些什么，赶快说来给我听听！"

王爷怒瞪了至刚一眼。

"看来，你今晚已经喝醉了！明天，我要和你好好地谈一谈！"

"不醉不醉！"至刚嚣张地叫嚷着，"我随时可以跟你们谈一谈！"他的眼光，满房间一扫。"你们已经开过家庭会议了！怎样呢？难道你们对我这个女婿还有什么不满意吗？"他一伸手，把手搭在王爷肩上，"雪珂告了我什么状？不许她出门是吗？您一定明白，良家妇女是不随便出门的！雪珂就是因为您当初太过纵容，才差一点身败名裂，幸好你们遇到我，能忍的忍、不能忍的也忍，才保全了她的名声……"

王爷越听越怒，脸上早已青一阵白一阵，甩开了至刚的手，他怒声地说："你这是什么态度？"

"什么态度？"至刚脸色一沉，收起了嬉皮笑脸，爆发地大吼，"我的态度还不够好吗？八年来，我忍受的耻辱是你王爷受过的吗？忍过的吗？从八年前的新婚之夜开始，我已经把你们看扁了！什么王爷福晋，什么岳父岳母……呸！都是骗子！我喊你们一声爹娘那是抬举你们！你们居然还在这儿不清不楚的，自以为有什么分量，想要教训我，简直是敬酒不吃吃罚酒！"

雪珂受不了了，她对至刚哀恳地喊着："够了！够了！是我对不起你，请不要羞辱我的父母……"

王爷已经气得浑身颤抖，不住喘着气。

"好！什么难听的话，都让你说尽了！"王爷咬牙切齿地说，"我们也不必把话压到明天再说，现在就说了，既然你轻视雪珂到这种地步，大家不如离婚算了！"

"对！"福晋愤慨地接口，"既然决裂到这个地步，我们实在看不出这个婚姻还有什么意义，我们要为雪珂做主离婚！"

"哈！离婚！"罗老太不知何时已站在门口，此时，忍不住大声说，"好新鲜的名词！原来王爷福晋难得登门，竟是为了谈离婚而来！我不懂什么叫离婚，想必就是一拍两散，以后各过各的日子，互不相涉吧？好极了！我们还求之不得呢！至刚，这种痛苦的日子正好做个结束，现在双方家长都齐了，就'离婚'吧！"

至刚一下子呆住了。他看看王爷福晋，看看罗老太，再看雪珂。

"雪珂，"他冷冰冰地说，"你的意思呢？"

"求你……"雪珂颤声说，"离了吧！对你对我，不都是一种解脱吗？"

至刚死死地盯着雪珂，一言不发。

"好了！"罗老太威严地说，"结婚要三媒六聘，离婚要什么我们不知道。"

"什么都不要了！"王爷冷然说，"彼此写个互不相涉的字据就可以了！写完，我就带雪珂走！"

"好极了！"罗老太更加积极，"香菱，去拿纸笔！"

"是！"香菱应着。

"慢着！"罗至刚忽然大声说，眼光阴沉沉地扫视众人，一个字一个字地吐了出来，"我不离！"

全体怔住，呆看着至刚。

至刚一脸的坚决，再扫了众人一眼。

"是你们的错误，把我和雪珂这一对冤家锁在一起！既然已经被你们锁住，我就要跟她锁一辈子，有冤报冤、有仇报仇，这笔账我和她要一天一天、一月一月、一年一年地算下去！"他走到雪珂面前，捏住了她的下巴，咬牙说，"三天前，你在给我买鸡血石，三天后，你要离婚，我真希望能挖出你的心来看看是什么颜色！"

说完，他把她用力甩开，掉头而去。

满屋子的人仍然呆怔着。雪珂面如死灰，满眼的绝望。

雪

珂

拾

TEN

不是耍狠，也不是报复，而是因为……我不能失去雪珂，我爱她！

　　至刚瑟缩在嘉珊的房里，把自己整个蜷缩在一张躺椅中，像是负伤的野兽般蛰伏着，动也不动。他不说话，不睡觉，不吃东西，眼睛大大地睁着，看着曙色渐渐地、渐渐地染白了窗纸。

　　嘉珊嫁到罗家来已经六年了，六年中，她看得多，听得多，想得多，只有说得少。对至刚，她有种深深沉沉的爱，这是她生命里唯一的男人，是她儿子的父亲，是她终身不变的倚赖。她是旧式社会中，保有一切传统美德的那种女子。她尊重老太太，尊重雪珂，尊重至刚……连家里的管家冯妈、老闵……她都有一份尊重。如此尊重每一个人，她几乎是谦卑的，谦卑得往往不受注意。但是，嘉珊并不愚昧，她的内心，纤细如发，温柔如丝。六年来，她已经看得太多，懂得太多。

　　一场离婚闹得惊天动地，丫鬟仆妇都在窃窃私语。嘉珊虽不在现场，但香菱已经把前后经过都说了。嘉珊注视着至刚，看他那样一个大男人竟把自己蜷缩在躺椅中，用手无助地扯着头发。她几乎看到了他的内心，那颗负伤沉重的心，流着血，上面全是伤口。最悲哀的是，他不知道该如何去缝合自己的伤口。因为他那么忙于遮掩自己的伤，忙于张牙舞爪地喊："我没有受伤！我太坚强了！没有人能打得倒我，只有我去打击别人……"

看到他这种样子，嘉珊实在充满了怜惜之情。

天色已经亮了，一夜无眠折腾得至刚形容憔悴。嘉珊捧来一碗热腾腾的豆浆，又拿来一盘包子。

"愿不愿意吃点东西？"

至刚怒瞪了嘉珊一眼，一伸手，想把小几上的碗碗盘盘扫到地上去，嘉珊机警地拦住，双手接住了他挥舞的那只手，沉声说："迁怒到那些盘子杯子上去，是没什么道理的！"

"你少管我！"他阴鸷地低吼着。

嘉珊凝视至刚，再也忍不住，她扑过去半跪在他面前，紧握他的双手，她恳切而真挚地说："你这么深切地爱她，为什么不告诉她？"

至刚像挨了重重一棒，整个身子都从椅子里弹了出来。他脸色惨白，眼神狂乱，激动得无以复加，他摇着嘉珊，爆炸似的吼着叫着："我怎么会爱她？我恨她！恨死了她！我从没有爱过她！只有恨，恨，恨，恨，恨……恨不得捏碎她，杀了她，毁了她……"

"哦，不是的！"嘉珊热烈地喊，"你恨的并不是她，而是你征服不了她！你对她充满了嫉妒、充满了怀疑，你花很多时间观察她、刺探她……那实在是因为你心底，太在乎她、太想要她的关系！我不知道你们的婚姻怎么会弄到今天的地步？我却看你一直在做相反的事！明明深刻地爱着她，却总是在伤害她……"

"没有，没有，没有……"至刚凄厉地嚷着，"我不爱她，我绝对不爱她！我怎会爱一个心里根本没有我的女人？不可能的！你说这种话，对我是个侮辱……"

她又去抓回他在空中挥舞的双手，热切地盯着他。

"不！不！你爱她！你拼命压抑，越压抑就变得越强烈！你最大的痛苦是她不爱你！但是，你用暴力、你用凶狠、你用无数比刀还锐利的言辞不断不断地去伤她，把她伤害得遍体鳞伤，于是，她排斥你、怕你、躲你……她越躲越远，你就越来越生气。一生气，你就丧失理智，想尽办法去折磨她，事实上，你在伤害她的同时，更深地伤害了自己！当她遍体鳞伤的时候，你自己也遍体鳞伤……这是不对的！至刚，至刚！如果你爱雪珂，要让她知道，要让她能体会，你需要付出的，是包容、宠爱、怜惜和体贴！只有用这种方式，你才能得到一个女人的心！"

至刚听得胆战心惊，会吗？是吗？自己早已不知不觉地爱上了雪珂，所以才变得这般暴躁易怒？这般痛苦？这般无助？这般提不起又放不下？是啊，雪珂，她牵引着他内心深处每一根神经，忽悲忽怒，嫉妒如狂！是啊，雪珂！她不知从何时开始，已攻占了他整个心灵的堡垒。

他痛楚地埋进躺椅里，痛楚地用手抱住头。

"嘉珊，为什么要告诉我这些？难道你不吃醋，难道你不想独占我的感情？"

"我想的！"她坦白地说，"但是，我一嫁进来就知道是二房，我不想去侵犯别人的地盘。再说，我是那么爱你，你的健康和快乐对我比什么都重要！我不要一个遍体鳞伤的丈夫！"

至刚震动了，抬起眼睛，他不禁注视起嘉珊来。嘉珊的眼光真挚温柔，盈盈如水。他心中一动，嘉珊，她实在是很美丽的！

这天早上，王爷、福晋和罗老太也做了一番恳谈。自从离婚之议一起，罗老太忽然像是拨开了浓雾，见到了阳光一般，发现雪珂和至刚这个死结实在是可以轻易打开的。现在已经是民国了，大学生天天游行，举着牌子要求男女平等，结了婚也可以离婚，九年前顾虑的一切问题，早已随着时间淡化了。于是，离婚这两个字就深刻在罗老太的心中了，只要离了婚，就再也不需要面对雪珂的耻辱和至刚的剑拔弩张了！虽然对罗家来说，还是吃亏的，但总比有个成天吵吵闹闹的家庭来得好。

于是，王爷、福晋和罗老太太把至刚找进房里，第二度和他谈"离婚"。

王爷已经平静了，他沉重地看着至刚，几乎是带着歉意地说：

"至刚，此时此刻，我愿意抛开我的自尊和身份，仅仅站在一个父亲的立场来对你说话！当年，我以欺瞒的方式让雪珂嫁给你，对你造成无可弥补的伤害，致使你怨恨至今，心里对我没有丝毫尊敬，这都是我咎由自取，我的确没有资格来教训你什么，我希望你了解的是，昨天之所以提出离婚，完全与情绪无关，那不是一时气话，而是正视到这个婚姻，已经到了无可挽救的地步！"至刚静静地听着，一语不发。

"真的，"福晋接了口，"我们也不乐见你们分手，可是，雪珂真的很痛苦。我看嘉珊贤惠美丽，你们又有了玉麟，何不放了雪珂，扶正嘉珊，不是皆大欢喜吗？"

"至刚，你心里有什么话，你就说出来吧！我的意思，这次和王爷福晋倒是不谋而合！"罗老太盯住了至刚，"你和雪珂吵吵闹闹了八年，经常弄得全家鸡犬不宁，也实在该做个结束了！你不要再固执了，今天咱们三位老人家同心合力，目标一致。他们要挽救女儿，我要挽救儿子！你就体会我们的心，答应离婚吧！"

至刚抬起头来，脸色苍白而憔悴，眼睛里盛满了一种深刻的悲痛。他看看王爷，看看福晋，看看罗老太。他的眼光在三人间逡巡，最后停在王爷的脸上。他咽了口气，终于低沉地、真挚地开了口："我恳求你们三位老人家，求你们别再逼我离婚，我……我为我昨天的言行道歉，也为我过去多年来种种恶劣的态度道歉，我知道没法要你们马上相信我，但最少你们可以给我一个机会……"

罗老太忍不住霍然站起："你在说些什么？你这是什么意思？"

"我不要离婚！"至刚坚定地说，"不是耍狠，也不是报复，而是因为……我不能失去雪珂，我爱她！"

此语一出，三位老人家全体变色，惊愕得目瞪口呆。

"你……"罗老太紧盯着至刚，完全不相信地问，"你说什么？你说什么？"

至刚直视着母亲，一个字一个字地回答："我爱雪珂！"

罗老太跌进椅子里，半晌都不能动弹。然后，实在不能承受，她猛拍了一下椅子的扶手，大怒地说："胡说！不可能的！你为什么要捏造这样的谎言？为什么？"

"我不管你们相不相信！"至刚激动地轮流着看着三人，"我只能说，我是鼓足了勇气，才在你们面前说出我心底的秘密。这对我并不是一件容易的事，不要告诉我说你们不能理解！是你们主宰了我和雪珂的命运，我们被动地结合，又被迫一起生活，然后最悲哀的是，我竟然爱上了她！今天，我逼不得已，坦白道出我的心事！在你们为着各自立场，对我软硬兼施的时候，或者现在该停一停，正视一下我的悲哀，对我公平一点吧！"

至刚说到最后，眼中已浮现泪光，他咬咬牙，迅速起身，就夺门而去了。

　　室内的王爷、福晋、罗老太都深受震撼，面面相觑，谁都说不出话来。

　　这是雪珂想都想不到的情况。

　　她不能置信地看着王爷和福晋，近乎神经质地抓着福晋的手，摇着她，悲切地看着她。

　　"他爱我？他怎么可能爱我呢？对这个还没过门就已经对他不忠实的妻子，他恨我都来不及，怎么可能爱呢？这八年来，如果他对我有爱，我怎会感觉不到？爹、娘！你们不要被他骗了，不要被他说服了！这一定是个诡计，是个手段……他不愿放过我，他昨晚就说了，他要一天又一天、一月又一月、一年又一年地和我算账，他要慢慢地折腾我，把我一点一滴地侵蚀殆尽！我告诉你们，这些年来，我就是这样过的！我不是一个妻子，我只是一个囚犯！他闲来无事就折磨我、讽刺我。看我受苦是他的一大乐事！他说他不能失去我，只是不能失去一个羞辱的对象而已！爹，娘，你们要救我！你们真的要救我呀！"

　　"雪珂，你冷静一点！"福晋握住雪珂，深深地看着她，十分困惑地说，"说不定是你误会了他，因为打从一开始，你心里就另有他人，你从没有给过至刚爱你的机会，是不是？"

"娘！"雪珂凄然地喊，"你已经动摇了！他的一篇话，简简单单的三个字，他爱我！你们就投降了！你们怎么不看看我？看看我被他爱得多么悲惨、多么绝望！"

"孩子啊！"福晋急急地说，"我们并不是投降，而是被他感动呀！他是那么飞扬跋扈的一个人，谈到对你的感情却说得那么诚恳真切！我们也活了大半辈子了，真话、假话我们不至于混淆不清！雪珂，我觉得，你实在应冷静下来，和他面对面、心对心地再谈一谈！把所有心里的结都试着去解一解！说不定就都解开了！"

"对！"王爷深有同感地点着头，"你娘说得是！"

雪珂的心像掉进一个冰洞里，就这样冰冷冰冷地坠了下去。她含泪看看王爷，又看看福晋，越来越明白，父母是真的被至刚收服了！毕竟，至刚是他们选择的女婿，而亚蒙是她"私订终身"的！她绝望地一甩头，凄凉地说："你们不预备救我了！你们要眼睁睁地看着我毁灭……"

"不会的！"王爷说，"你喜欢用强烈的措辞！毁灭一个人不是那么容易的……"

"容易！容易！"雪珂拼命点头，"毁灭我是很容易的！抢走我所爱的，再给我不断的压力，我就会像鸡蛋壳一样碎掉的……"

"可是，你不是鸡蛋壳呀！"福晋快被雪珂搅昏了。

"我已经被折磨得比蛋壳还脆弱了！"雪珂痛楚地望向王爷，"爹，你不是说，不管是非对错，你已经被我感动，要帮我解开这个婚姻枷锁的吗？"

"雪珂呀，"王爷迷惑地说，"我想我是老了！亚蒙到北京，一篇话说得我感动极了。我来到承德，你的一篇话让我感动万分。可是刚才，听了至刚的一篇话，我竟然又被至刚感动了！我这样为你们三个而感动，连我自己都糊涂了！我想，当年那个当机立断、坚定不移的颐亲王爷早已消失，如今的我，确实有颗易感的心！我实在……没办法把至刚看成一个罪大恶极的人呀，我看到的他就和你一样，也像鸡蛋壳似的那么脆弱呀！"

雪珂愣愣地看着王爷，实在无言以对了。

罗至刚这一招，让雪珂完全失去招架的能力，甚至失去应付的能力。她方寸大乱，感到自己又被逼进了一个死胡同，进退不得。晚餐时，冯妈第一次命令小雨点端盘端碗，侍候茶水。小雨点战战兢兢，生怕砸了碗碟，小心翼翼地给每个人添饭送茶。雪珂的眼光跟着她小小的身子转，看到她颤巍巍地捧着热腾腾的茶，她的心就跟着颤巍巍热腾腾，简直没有办法集中意志去吃饭。王爷福晋也食不下咽，看看雪珂，看看小雨点，两位老人家心如刀绞。

"小雨点!"罗至刚忽然喊了一声。

"是是,少……少爷!"小雨点一惊,手中捧着的一碗燕窝粥竟歪了歪,虽没整个泼出来,但一部分已流到手指上去。小雨点被烫得稀里呼噜,但握紧碗沿的手还是不敢松。雪珂心中一痛,跳起身子,还来不及做什么,至刚已抢先一步,去接住了小雨点的碗。

"翡翠!翡翠!"至刚忙不迭地喊,"你快带小雨点去上点药,这燕窝粥挺烫的!"他注视着小雨点,眼光非常温和,"我叫你,让你吓了一跳吗?"

"是……是……是……少……少……少爷!"小雨点牙齿打着战,好不容易才把话说完。

"其实,我是要你下去,做点容易的工作!"罗至刚叹口气,连个小丫头听到他的声音都吓得发抖,难怪雪珂对他敬而远之,"这冯妈也太过分了,这么小的丫头怎么能侍候用饭呢?我们有翡翠绿漪蓝儿香菱还不够吗?"

"冯妈也是好意!"罗老太凛然地说,"不从小训练起,将来永远上不了台面!"

"好了!好了!"至刚温柔地说,"翡翠,带她下去吧!我说,以后干脆把她拨到雪珂房里,专门服侍雪珂就好了!我看,她和雪珂挺投缘的!"

雪珂的心怦然一跳，她很快地扫了至刚一眼，心中七上八下的，不安极了。他知道了吗？他怀疑了吗？是不是自己露了行藏？是不是他已打听出什么？但，至刚的脸色是那样平和，一点火气都没有，当她的眼光和他接触的一刹那，她觉得，他眼中竟闪过一丝光彩，那眼光几乎是谦卑的。

雪珂真是心如乱麻，完全失去了主意。

饭后，至刚来到雪珂房里，屏退了所有的人，他凝视着她，非常温和地开了口。

"我们必须谈一谈！"

"是的！"雪珂深吸了一口长气，要勇敢！她告诉自己，父母已经不能倚赖。现在，只有靠自己来奋斗，她决心要面对至刚，谈个透彻。

"关于离婚，"至刚先说出主题，"这种新潮的名词、这么时髦的作风，实在不是我们这种大家门第应该效法的！对不对？我们之间，不管开始得多么恶劣，好歹做了八年夫妻！八年间，你并没有提离婚，现在来提，多少受了新思潮的影响！我不知道你和新思潮有些什么接触！我猜，和寒玉楼、和高寒……是根本没有关系的，对不对？"

她震动地看着他，觉得这谈话还没开始，就已经被他占了上风。寒玉楼、高寒！他到底知道了多少？他在讲和，还是在威胁她？

"我很抱歉。"他面色一正，诚心诚意地说，"我不该对你疑神疑鬼，不该跟踪你，不该限制你的行动，更不该对你粗声粗气……现在，让我们忘掉所有的不愉快，重新开始吧！"

"为什么？"她困惑地看他，"你为什么不趁此机会摆脱了我？这婚姻是我们共同的不幸，八年来，你对我吼吼叫叫，多少纷争、吵闹、痛苦、悲哀……我们的婚姻里，实在没有丝毫美好的回忆，你要这个婚姻做什么？我不了解你，真的不了解你！"

至刚轻轻一叹。

"如果我说，是因为我面临到要失去的时候，才发现我有多么珍惜！如果我说，是因为我爱……"

"别说你爱我！"雪珂激动地喊出声，"你可以在你母亲和我父母面前演戏，但是，请不要在我面前演戏！在我忍受了这么多年的痛苦以后，你忽然说你爱我，这实在太荒谬了，你怎么说得出口？"

至刚的容忍已经到了边缘，他如此低声下气，这个女人却全不领情！他一个箭步上前，抓住了雪珂的肩膀，用力地摇着。

"听着！"他更加激动地吼出声，"我希望我不要爱你，我希望我恨你，我更希望我不在乎你，那么，我不管怎么做，都会做得很漂亮，决不会像现在这样窝囊！但是，我就是这么倒霉！我就是这么不幸！离婚！一旦谈到离婚，我才发现你早已是我生命的一部分，我根本割舍不掉！你信也好不信也好，我就是爱你！"

"爱？爱？爱？"雪珂悲愤地接口，"你怎么能轻易吐出这个字？你从哪一天开始爱上我的？怎么我一点都不知道？"

哪一天？至刚一愣。哪一天？他呆怔了片刻，蓦地抬起头来，双目炯炯地注视着她。

"你相信吗？"他收起激动的语气，变得痛楚起来，"新婚那天，家里大肆铺张，惊天动地地把你娶进门，我全心全意要迎接我的新娘，那么喜悦、那么兴冲冲地，而你，却告诉我你心中另有其人，你那么大无畏地坦白了一切，你那么视死如归地想保有你的贞洁，你甚至毅然断指，做了任何女人不可能做的事……让我告诉你，当时，我就为你发疯了，我疯狂地嫉妒和羡慕，我真恨不得就是你心里那个人！"他点点头。"你问我哪一天爱上了你？现在回忆起来，似乎是那第一个晚上，你就把我给折服了！"

雪珂呆呆地看着他。在他眼中，她看到了隐隐的泪光。她忽然就心中一震，开始觉得他所说的，可能句句出自肺腑，可能都是真的了。

"对不起！"她喉中哽咽地说，"这婚姻，从头开始就是我错！我对不起你，让你受了这么深的伤害……我真希望，如果今生不能报答你，来生……"

"让我们停止说对不起吧！"他忽然热烈地握住她的手，真情流露地喊着，"也别说什么来生的话，因为我们的今生还有漫长的一辈子！雪珂，过去的对与错、是与非，我愿意一笔勾销！我们重新开始。如果你对我已失去信心，那么再给我半年时间，考验我！如果半年以后，你还是认为我不好、这婚姻不好，那么我们再离婚！"

她瞪着他。

"八年都过去了！"他急迫地说，"你还在乎多等半年吗？让我告诉你，我一定停止嫉妒，不算旧账！我一定改头换面……为你重新活过！我要敞开心胸来爱你，不只爱你，还要爱屋及乌，你最亲近的翡翠、你最喜爱的小雨点，我都会另眼相待，还有你的父母，我也会真诚地尊敬他们！雪珂，相信我！"他看进她眼睛深处去。"好奇怪，一个丈夫在对他娶了八年的妻子倾诉爱慕……好奇怪！也好悲哀！"

她的眼眶湿了，他的脸在一片泪雾中浮动。

"你哭了！"他震动地、哑声地嚷着，"这证明，你还是会被我打动，这证明，你对我还是有一丝丝柔情的！请你为我留住这一丝柔情吧！"

雪珂一句话也说不出来了。

雪珂

拾壹

ELEVEN

你娘没有死，她欺世盗名，苟且偷生，摇身变作少奶奶，是个卑鄙下流、无耻至极的女人！

　　高寒在寒玉楼中，足不出户整整等了十天。这十天，真比十
年还要漫长，每个时辰都是辛辛苦苦挨过去的。终于，这天，王
爷和福晋双双来玩儿。但是，他们带来的消息，却足以粉碎他所
有希望，冰冻起他那颗狂热的心。他呆呆地注视着王爷和福晋，
这才了解到，他和雪珂间赖以支撑的线是这么单薄而易断的！

　　"听我说！"王爷深刻地看着高寒，"不管九年前是怎么一回
事，以现在的局面而论，雪珂和至刚总是一对名正言顺的夫妻，
而你却是个局外人！如果他们的婚姻确实已悲惨到不可救药的地
步，我会支持你去重新争取雪珂，但是，现在的情势并非如此。
至刚有意修好，表现得非常诚恳，我实在深受感动！所以，如果
你不在这儿诱惑雪珂，我猜想，他们的婚姻会圆满而幸福的！"

　　"雪珂怎么说？"高寒低沉地问。

　　"她要我们转告你，"福晋叹了口气，"过去的已经过去了！
如果你真的忘记不了她，就请你把这一片心，都用到小雨点身
上去！"

高寒的脸颊抽搐了一下。

"怎样用到小雨点身上去？她和雪珂一样，都被拘囚在罗家那个大监牢里！"

"我们已经研究出一个办法来了！"王爷振作精神，有力地说，"至刚志在雪珂，罗家并没有人在乎小雨点，对罗家这种家庭而言，多一个小丫头，少一个小丫头，根本没什么分别。所以，我们预备过两天就对罗老太开口，就说因为和小雨点投缘，要了小雨点回北京。了不起，我再送个丫头过来补充。雪珂会在旁边打边鼓，至刚要讨好雪珂，不会在乎小雨点！这样，我们救出小雨点就交给你，你马上带着孩子回福建去！"

高寒沉吟了好一会儿："这是你们和雪珂一起计划的？"

"是！"

"这是给我的命令，我必须服从，是吗？"

"不然你要怎样？"王爷沉不住气地一吼。

"我要小雨点，我也要雪珂！我们三个根本是一个家庭，罗至刚才是那个局外人！是你，王爷，你把那个局外人变成局内人，硬把我打出局外！现在，过去种种都不提了，就以目前的局势论，要雪珂一下子割舍掉我和小雨点……她会憔悴而死！你们如果真正了解她，就会知道，不需要半年，只要半个月，就会要了她的命！"

"怎么会？"王爷大声说，"你和雪珂一样，喜欢用强烈的字句，故意耸人听闻！我们救出了小雨点，她知道你们父女已经团聚，生活在很安全的地方，她就心满意足了！那时，她会安定下来，去做罗至刚的妻子……"

"她不是罗至刚的妻子！"高寒满屋子绕着，像一只困兽，"她是我的妻子！我不能让她独自一人留在承德，这太残忍了！我们一家三口，已经浪费了八个年头，人生很短，没有几个八年！我们没有时间再浪费了！我们三个一定要团圆，否则就太没天理了！"

"你要怎样团圆？"王爷紧绷着脸孔，"你口口声声说一家三口，你要雪珂，也要你女儿，但你束手无策，根本不知道如何去要她们……"

"王爷！"高寒站定，眼中燃起两簇火焰，"你如果肯帮忙，我们还是有办法的！"

"什么办法？"

"你带来的四个亲信，都有一流的武功，加上我这儿的阿德，我们……"

"你要劫人？"王爷大惊，"想都不要想，太荒唐了！亚蒙，用用你的脑筋，罗家在地方上仍然是有头有脸的人物啊！"

"并不是劫人，只是帮助我们逃走！"

王爷瞪着高寒。

"我不能帮你，"他沉声说，"在发现雪珂的婚姻仍然有希望的时刻，我决不能帮你！何况，这样的忙很可能越帮越忙，说不定玉石俱焚，两败俱伤！成功的希望实在不大，你怎能拿雪珂和小雨点两人的生命来冒险？投鼠也该忌器呀！假若你真爱雪珂，真心为她好的话，就该体会雪珂的一番心，不要继续留下和她纠缠不清，使她两面为难！你如果是个男子汉大丈夫，就该拔慧剑斩情丝，顾全大局，带着你的女儿去追求另一番幸福！人生，本就不能事事尽如人意，鱼与熊掌不能兼得。如果你有幸找回了女儿，也算对得起你娘了，不是吗？"

王爷这番话句句合情合理，高寒走到窗前，看着窗外穹苍，心中一片凄苦。

"亚蒙，"福晋叹了口气，"小雨点那孩子长得楚楚动人，我见犹怜。假若你见到了她，你一定会爱极了她！但她现在在当丫头，烧火洗衣端茶送水之外，还要擦灯罩、推石磨……一旦做错事，就会被女管家严厉责罚，轻则罚跪，重则鞭打……雪珂已经心疼得憔悴不堪了！她要我带一张纸条给你，你自己看吧！"

高寒倏然转过身来，迎视着福晋的目光。他的心，因福晋的叙述而绞紧、绞紧、绞紧……绞得不知有多痛。他迅速地接过了雪珂的纸条——一个万字结！打开纸条，他看到短短的两行字——

> 雪中之玉，或可耐寒。
>
> 小雨点儿，怎能成冰？

他心中大大一抽，更痛。

"为了你的女儿，牺牲了你的爱情吧！"福晋苦口婆心地说，"这样，我们才能没有后顾之忧地、全心全意地来救出小雨点！事实上，救小雨点，会不会有波折，能不能顺利，我们都还不知道呢！"

高寒无力地靠在窗棂上。救小雨点！是的，必须先救小雨点！或者，他心中闪过一个念头：等到孩子救出来了，再来想办法救雪珂吧！

罗家这两天表面很平静，至刚在努力扮演好丈夫的角色，对每个人都和颜悦色。雪珂珍惜着和小雨点相处的每个片刻，常常对着小雨点就悲从中来，不可自抑。但在至刚面前，仍要装得心平气和。王爷、福晋夹在罗家与雪珂、小雨点之间，难免小心翼翼的，只怕露出行藏，坏了大事。因此，大家都力求相安无事。表面上看起来无比平和，实际上暗潮汹涌。

这里面，只有罗老太一个人，是真正冷静的。她冷眼看着一家子人各演各的戏，心里困惑极了。冯妈不时来跟她报告一下大家的动态。每个人的行为和表现罗老太都还能够理解，唯独对于家中的小丫头，引起雪珂和王爷的特别垂青，大惑不解。一会儿，翡翠送小雨点去雪珂房，一会儿雪珂送小雨点去王爷房……半夜三更，雪珂会夜探小雨点……据冯妈说，居然有一夜，雪珂在帮小雨点擦灯罩，一边擦一边掉眼泪。这雪珂，实在是古怪得厉害，说不定是脑筋出了问题。但是，王爷和福晋呢？为什么也对小雨点怜惜备至？

罗老太隐藏着她心中的疑问，对小雨点不禁多加了几分观察。这孩子明眸皓齿，唇不点而红，眉不描而翠，双目盈盈如秋水，皮肤白嫩细致，简直吹弹得破。这种孩子，竟来自农村，也是异数！罗老太思前想后，才觉得小雨点卖进罗府的经过有点离奇。

就在这时候，王爷和福晋表示要回北京了。罗老太心中窃喜，她本就不欢迎这门亲家，早走一日就好一日！

"要回北京啊？"老太敷衍着，"怎么不多住几日？"

"家里还有事呢！"王爷说，"现在，至刚和雪珂已经和好，我们也就不多耽误了！"

"这临走之前呢，"福晋忽然开口，声音里带着点不寻常的紧张，"咱们有个不情之请！"

"哦？什么事呢？"

"是关于那个名叫小雨点的小丫头！"

罗老太的心头一紧，注意力全部集中了。

"咱们瞧着非常喜欢，不知道能不能让给咱们？"

罗老太实在太惊愕了。虽然说王爷已经不是王爷了，但是王府里总不会缺丫头！何况，那小雨点年龄尚小，做什么事都做不来。罗老太深深地注视着福晋，心里的疑惑已经到达了顶点。

"这倒是新鲜啊！你们怎么会要一个这么小的丫头，她能管什么用呢？"罗老太不动声色地问。

"咱们府里并不缺丫头，要这孩子，是因为她乖巧伶俐，与咱们十分投缘！"王爷接口，接得也太快了一些，"当然，我们也不想白要你的人，不如这样，回到北京我挑一个能干的丫头送来填补，你说怎样？"

老太微微一笑，拿起纸卷烧水烟袋："我倒没什么意见，只怕雪珂不肯！"

"雪珂怎么会不肯呢……"福晋一急，冲口而出。王爷急忙轻咳一声，福晋立刻住了口。

"是吗？"罗老太看着二人，"雪珂一直很喜欢这个丫头，至刚最近千方百计地讨雪珂的好，不是已经把小雨点派给雪珂了吗？我看，这事还是问至刚吧！"

"那好，"王爷说，"那么咱们就去问至刚！"

王爷和福晋站起身子，退出房间。

罗老太凝神沉思，从头细想这小雨点来到罗家的前后始末。这一想，就给她想出了好多破绽；这一想，就想得她惊心动魄，冷汗涔涔了。

同一时间，雪珂正在卧房里，万分不舍地告诉小雨点，必须跟王爷福晋去北京的事实。谁知，小雨点的反应十分强烈，她连连退着身子，满眼惊恐慌张。

"为什么我要跟王爷福晋走？为什么要把我送给他们呢？你不喜欢我了？你不要我了吗？"

雪珂急忙上前，一把握住小雨点，拼命地摇头。

"不是不是，我就是太喜欢你、太疼爱你了，所以不忍心看你在这里当丫头呀！你跟王爷和福晋走，他们会好好待你，你再也不用吃苦，不会受欺负，也不会挨打挨骂了！我不是不要你，是要你过更好的日子，你懂吗？"

"我不要过好日子，"小雨点急切地摇头，眼泪水已扑簌簌滚落，"我只要同你在一起！求求你，不要送我走！"

雪珂心痛得热泪盈眶，把小雨点紧紧一抱。

"孩子啊！要你走，我心里比谁都舍不得呀……"

"那就别叫我走！让我留在你身边，再苦我都不要紧的！我喜欢你！我喜欢你呀！”

小雨点急切地嚷着，一转身又去扑在翡翠怀里。

“翡翠姐姐，你也很疼我的呀！让我跟着少奶奶，不要赶我走嘛……”

“小雨点啊，”翡翠哀声说，“将来你就会明了格格的一片心了！送你走，是为了爱你呀！”

“不不不！”小雨点急坏了，又哭又嚷，一转身就伤心地往屋外奔，才拉开门就一头撞在罗老太身上。罗老太正挺立在那儿，满面寒霜，不知道已经听了多久。

雪珂和翡翠骇然变色。

小雨点竟抓着罗老太，没头没脑地苦苦哀求：“老太太！我不要走，求老太太做主，别把我给王爷福晋，我会乖，我会听话，我会很努力地做个有用的丫头，请别赶我走，好不好？好不好？”

罗老太脸色阴沉得像乌云密布的天空，突然间，她一把重重地抓住了小雨点，抬头死死地瞪着雪珂，咬牙切齿地问：“她这么依恋你，你又这么宠爱她，为什么硬是要把她送给你的父母呢？说！”

她大吼一声：“为什么？”

雪珂惊跳起来，吓得面无人色。

“因……因为，爹……爹……娘……喜欢她……”

"没有新鲜的词可说吗？"老太的眼中，像是要喷出火来，"你们在我眼前耍这样的花样！把我和至刚置于何地？"她一把揪起小雨点，摇着她，掐着她，疯狂般地瞪着她，"你这个来历不明的丫头！你说！你爹是谁？你娘是谁？你奶奶是谁？"

小雨点又痛又怕，不知所措。雪珂已扑过来，哭着想抢下小雨点。

"放开她，请不要对付她！她只是一个孩子，她什么什么都不知道呀……"

"那么，你什么都知道了？说！马上说！这孩子是谁？从哪儿来的？快说！"

"格格呀……"翡翠惊叫。

老太回手给了翡翠一耳光。

"丫头站一边去！不许插嘴！"老太又开始用力摇着小雨点，"你不说，我帮你说！小雨点，你爹是个下等人，你娘是个无耻的女子，他们偷偷地生下你，把你交给奶奶……你是个不清不白的私生子！所以，你跟着奶奶姓周，你连自己的姓都没有……"

"我有！我有！我有！"小雨点大哭起来，一边哭，一边痛喊出声，"我爹姓顾，我娘是旗人，他们都是好人，我爹在新疆开矿……"

"你娘呢？"

"她死了！"

"让我告诉你，你娘没有死，她欺世盗名，苟且偷生，摇身变作少奶奶，是个卑鄙下流、无耻至极的女人！"

老太说完，把小雨点用力一推，推到那早已面如死灰、目瞪口呆的雪珂身上去。

用手怒指着她们，罗老太丢下了一句："好一副高贵的嘴脸！好一颗肮脏的心！"

转过身子，她拂袖而去。

雪珂抱着小雨点，已是神魂俱碎，只感到天旋地转，眼前有几千几百个小雨点，其他什么都没有了。

"格格，咱们完了！"翡翠扑过来，摇了摇雪珂，"你醒一醒，振作一下，少爷马上就会过来兴师问罪了，我……这就去请王爷和福晋来！"

翡翠顾不得雪珂和小雨点，往外飞奔而去。

小雨点太激动了，她还在哭，哭得伤心极了，哭得上气不接下气的。

"少……奶奶！"她边哭边说，"老……太太，为什么要对我……说那些话？我到底……犯了什么错……她要骂我爹和我娘呢？"

雪珂心中一阵抽痛，神志清醒了。她看着满眼泪痕的小雨点，简直是心碎肠断，再也无法掩饰任何秘密了。

"孩子啊！"她痛喊着，"你的娘确实没有死呀……"

"那……那……我娘在哪儿？"

"孩子，我就是你娘，你亲生的娘啊！"

小雨点一个震惊，连哭都忘了。她张大眼睛，瞪视着雪珂，急忙忙摇头，慌张否认："不对不对，我娘早就死了，奶奶告诉我的……"

"我是你娘！小雨点，相信我！"雪珂急促而心慌意乱地说，"现在没时间和你详细解释，你奶奶把你送进罗家，就是要交给我！她那么爱你，怎么舍得把你卖作丫头？因为我是你娘，我没有死，我真的是你的娘呀！"

"不！不对不对！"小雨点实在太惊慌了，如此大的震撼，已不是她小小年纪所能应付的了，她拼命摇头，完全拒绝相信这是事实，"你不是我娘，你是少奶奶！我娘她早就死了！如果她没有死，她怎么不要我爹，不要我奶奶，也不要我呢？我娘……死了……死了……"

雪珂眼睛一闭，泪水成串成串地滚落。她的思想、意识和神志全乱了，五脏六腑痛成一团。她再张开眼睛，哀哀无告地看着小雨点，眼前仍然有着几千几万个小雨点，每个小雨点都在喊："你不是我娘！你不是！我娘早就死了！死了……"

　　每个小雨点都不认她！她好不容易找回来的女儿，小雨点。
但是，小雨点不肯认她！

　　小雨点不肯认她！这么巨大的悲哀，把什么都涵盖了，连恐
惧都退到一边去了。而这时候，王爷、福晋、罗老太、至刚、翡
翠、嘉珊几乎全世界的人都涌向雪珂的卧房里来了，暴风雨终于
天崩地裂地爆发了。

雪
珂

拾贰

TWELVE

在混乱的黑暗中，有了一线光明，只要救出小雨点，她什么都不在乎了。

"贱人！孽种！"

至刚冲进门来，一手抓住雪珂，一手抓住小雨点，发疯般地摇着。他的脸色铁青，眼睛怒瞪着，眼珠几乎都突了出来。他的声音嘶哑、沙哑，却震耳欲聋地响着。

"你们怎么可以这样对我！你，"他瞪着雪珂，"你做的好事！原来你不只偷了人，还生下了孽种，你带着一身的罪孽嫁入罗家还不够吗？你还把你的孽种也弄了进来，玩弄我们母子于掌上！你！好无耻、好下流！这样卑鄙的手腕，你怎么做得出来？你说！你说！你要让我这顶绿帽子戴到什么地步你才满意？你说！你说！你说……"

他那么疯狂地摇着雪珂，她的牙齿和牙齿都在打战，本来就已经心碎肠断，此时更是痛不欲生。她失去说话的能力、失去反应的能力，只恨不能化为一股烟，从他那巨灵之掌中，从这种巨大的羞辱和悲哀中飘走，飘出窗外，飘散到四面八方去。

"住手！住手！"奔进来的王爷大喊着，"事情既然已经闹开了，我们都不是小孩子，可不可以理性地坐下来，大家好好地讨论一下该如何善后……"

"是啊，是啊，"福晋心惊胆战地应着，"别伤了雪珂，别伤了小雨点！我们知道是我们理亏，但是这绝不是我们有意安排的……会弄成今天这个局面，我们也很意外呀！至刚，请你看在八年夫妻的分儿上，千万别伤了她们两个呀！"

"八年夫妻！"至刚咬牙切齿，手握得更紧，雪珂的神志都麻木了，连痛楚也无法感觉了。小雨点却痛得大哭了起来，努力想挣脱至刚，至刚的手指却像铁钳一般紧紧钳住她瘦小的胳臂。"八年夫妻！亏你们说得出口！一家子全是无耻之徒！骗了我八年，装神弄鬼了八年，害了我八年，羞辱了我八年……现在还敢跟我提八年夫妻这四个字！"他用力地把雪珂一推，双手举起小雨点，"这个孩子，是八年夫妻产生的吗？"说着，他用力把小雨点砸向墙上去。

雪珂醒了，像箭一般，她飞扑过去，遮在墙前面，小雨点重重地砸在雪珂胸前，雪珂痛得天昏地暗，却用力地抱住小雨点，不许至刚再把她抢回去。可是至刚力大无穷，就那么一扯，小雨点又回到了他手中。

"我错了，我错了，我错了，我错了，我错了……"雪珂一连声地喊了出来，跪下去，对着至刚磕下头去，她的前额重重地碰着地，磕得咚咚咚直响，"我无耻，我下流，我罪该万死……随你怎么处置我，打我，骂我，关我，烧我，占有我，屈辱我……随你，要怎么样就怎么样！但是，请饶了我的孩子吧！"她又跪向老太太，再咚咚咚磕下头去："娘……"

"不许叫我娘！"罗老太怒吼。

"罗老太太！罗老夫人！"雪珂磕头如捣蒜，"请您开恩，饶了我的孩子！饶了我的孩子吧！"

"至刚！"嘉珊不知从哪儿跑了出来，去拉至刚的手腕，"你就饶了那孩子吧！"

"滚开！"至刚怒骂，"你不想活了？今天谁也别想拦我！滚！"他用力一推，嘉珊就摔了出去。

"好了！"王爷大吼了一声，挺身而出，拦在至刚面前，"把小雨点给我！"

"给你？我为什么要给你？"至刚一声大叫，伸手就掐住了小雨点的脖子，"我掐死你！我掐死你！"

小雨点又呛又咳又哭，一口气提不上来，眼睛往上翻，翡翠、王爷全扑过来救人，雪珂想也不想就张开嘴，一口咬在至刚的手腕上，狠狠地咬住不放。至刚痛极松手，王爷飞快地抢到了小雨点。而至刚快要气疯了，抬起脚来一脚踹翻了雪珂，又一耳光对她挥去。雪珂身子飞出去，跌落在墙角，嘴边流出血来。

翡翠慌忙扶住，哭着叫："格格！格格！格格……"

这一阵大闹简直惊天动地。小雨点喘过气来，缩在王爷怀中，呜呜咽咽抽噎不止。王爷脸色惨白，跺着脚说："罢了！罢了！闹到这种地步，那么只有一条路了！从今以后，咱们两家恩断义绝！两不相干！现在，雪珂和小雨点，我要一并带走！"王爷说着，就扬声大喊："李标！赵飞！来人呀！"

李标、赵飞等四个大汉，应声而入，往房里四角一站。

至刚看着这四人，看着王爷，看着雪珂，忽然仰天大笑起来："好，好，好！全是有备而来！软的不成就来硬的！把我们罗家当成了王府！好，好，好！"他扫视着王爷等人，"你们未免把人看扁了！想要打架是吗？王爷！你以为你还是王爷吗？哈哈哈哈！"他狂笑着，重重地一击掌，学着王爷的口气扬声大喊："来人呀！"

房门豁然大开，老闵带着一排军人，荷枪实弹地站在房门口。

王爷脸色惨变。

"现在，你给我听着！"至刚指着王爷和福晋，凛然地说，"小雨点和雪珂既然进了我们罗家门，就休想出我们罗家门！我说过，我要一天天、一月月、一年年地跟她算账，现在，又多了个小野种！这笔账我会慢慢算清，加倍讨还！至于你们两个，给我滚吧！你已经是被时代淘汰的老古董，带着你的四个窝囊废，一起滚吧！别在这儿丢人现眼了！"

李标动了一下身子，王爷急忙抬起手来："李标！不得鲁莽！"

"哈哈哈！"至刚狂笑，"毕竟是王爷，知道轻重利害！"他大步向前，一伸手，抢过小雨点来，"我家的丫头，由我来处理……"

雪珂一惊，顾不得嘴角肿着，顾不得在流血，也顾不得浑身的疼痛，更顾不得尊严与面子，她撑持着，连爬带滚地膝行到至刚面前，哀求地抬头看他："请不要伤害我的父母，让他们平平安安地走！我在这儿，随你怎么处置！你……也放了小雨点吧！让她跟我的父母一起走，好不好？好不好……"

嘉珊走过来，也对至刚跪下了。

"至刚！"嘉珊含泪说，"咱们是积善之家，何苦为难一个小孩子呢？你算是为玉麟，做件好事吧！"

"放掉小雨点？你们做梦！"至刚狂叫着，"她是老天赐给我的！要让我慢慢来消除胸中的积怨！谁再多说一句话，谁就吃不了兜着走！嘉珊，你也一样！如果活得不耐烦，我也有办法让你求生不得、求死无门！你要不要试试看？"

嘉珊一吓，什么话都不敢说了。

至刚一回头，手指着王爷和福晋，对门外的军人大声吩咐："把这老头和老太婆给我撵出去！"

王爷和福晋带着四名亲信，当天就来到了寒玉楼。

高寒是那么地惊愕与震动。小雨点的身世居然被拆穿！小雨点和雪珂居然被囚！那个罗至刚，居然真的与军方有联系，而且能立刻调兵遣将！王爷、福晋和四名高手，居然被逐出罗宅！这每一件事都让他又急又惊又害怕——雪珂和小雨点身陷重围，这下该怎么办？

"我真后悔，"王爷激动地说，"如果接受了你上次的建议，让李标他们保护你们逃走，说不定你们已经逃成功了！"

"不！"高寒摇了摇头，"我现在才知道，雪珂警告我的话是真的，这个罗至刚并不是纸老虎，如果我和雪珂冒险逃走，也不是那么容易的事！"

"但是，总比现在的情况好！"王爷痛定思痛，"我是那么自信能轻易救出小雨点！我是那么自信，只要你不介入，雪珂和至刚的婚姻就会幸福！唉！"王爷长叹，"一错再错，竟错到今天这个地步！想当初，为什么不让有情人终成眷属呢？为什么一定要拆散人家小夫妻呢？"

高寒眼中蓦地充满了泪水。

"王爷，你终于打算承认我了？"高寒哑声说，"虽然现在已经到了最糟的地步，我仍然为你这句话而感动！"高寒说完，站起身来就向门外走。

"亚蒙！你去哪里？"王爷惊问。

"我去罗家！我去找那个罗至刚！"高寒坚定地说，"现在，是两个男人该面对面的时候了！"

"不行！你给我回来！"王爷大惊地说，"你以为那罗至刚会跟你心平气和地谈道理、讲义气、论英雄吗？他会承认你们那天地为证的婚姻，而感动得涕泗交流，把雪珂和小雨点还给你吗？你不要幼稚了，一个小雨点已经让罗至刚快发疯了，再加上一个你……罗至刚会把你们三个一起杀掉的！"

"对对对！"福晋急忙拦住高寒，"千万去不得！你这一去是成事不足，败事有余！"

"那，我们要怎么办？"

王爷眉头一皱，眼神阴郁，他坐在那儿沉吟不语。片刻，他倏然抬头，稳定地说："叫李标他们四个和你的阿德，通通进来，我们要一起共商大计！"

高寒凝视王爷。一瞬间，在这个老人的脸上，依稀又看到当年那运筹帷幄、叱咤风云的威武人物——不折不扣的一个"王爷"！

这一夜，罗府中几乎没有什么人睡觉。

小雨点被冯妈带走了，在罗老太的命令下，被押进磨坊，彻夜磨豆子。

至刚躺在雪珂房中，双手枕在脑后，他整夜瞪着帐顶发呆。经过了那么大的一场发作之后，狂怒的情绪已经消退，现在，他剩下的是筋疲力尽和无边无际的悲愤。这悲愤的感觉，像冬季黑夜的潮水，冰冷彻骨，黑暗无边，把他整个吞噬住。

雪珂跪在床前，一整夜，她就跪在床前。头发是散乱的、嘴角是肿胀的、眼神是狂乱的、身子是颤抖的。好几度，她都摇摇欲坠要倒下，但她依旧坚忍着，不让自己倒下去。翡翠一会儿端茶给至刚，一会儿送水给雪珂，室内静悄悄的，她也不敢说任何话，当至刚偶尔对她怒瞪过来，她就慌忙跪下去，陪着雪珂一起跪。

这样折腾到天亮。

至刚微侧过头去，在晨曦的光晕中，去看雪珂的脸。她如此狼狈、如此憔悴，带着伤，散着发，她不再美丽。这个负伤的、被囚禁的女人已不再美丽！他有胜利感，有报复后的快感，他总算把她那份虚伪的高贵给摧折了！但是，这快感一闪而逝，取而代之的是更深刻的哀愁。她动了动身子，感到他在注视自己，雪珂扑向前去，迫切地迎视着他的目光。她哑哑地、轻轻地、怕怕地……却十分"勇敢"地开了口："至刚！我已经说了几千几万个对不起，但是，我想不出其他的字句能代表我对你的歉意，我知道……今天即使把我碎尸万段，也难消你心头之恨……这种伤害，大概我一世做牛做马也弥补不了！"

他死死地盯着她。

"前几天，你说你爱我，要和我重新开始！"她把整夜在心中盘算了千遍万遍的话，一股脑地倾吐出来，"现在，发生了小雨点的事，大概那份爱已被刻骨的恨所取代了！爱也好、恨也好，你说了，要和我算一辈子的账！至刚，我等在这儿，我守在这儿，让你算一辈子的账！可是，小雨点，她生也无辜，错都是我犯的，不是她犯的！你惩罚我，放了小雨点吧！"

"说了半天，"至刚冷哼了一声，"你还是在为小雨点求情！事情发生到现在，你心里唯一的盘算，就是怎样救小雨点，是吗？是吗？"

"是。"她坦白地说，泪又盈眶，"请你告诉我，怎样才能救小雨点，请你告诉我！"

"晚了！"他去看帐顶，"晚了！"

"怎么晚了？"她去轻拉他的手。

他一唬地转过身来，怒拍了一下床沿。

"这全是你自己造成的！你千不该万不该欺骗我！当我向你剖白我的真心的时候，我是那么诚恳，你的过去我全不计较了！

我那么真心待你，你为什么不对我坦白？如果你早告诉我有个小雨点，我生气归生气，总不至于承受不住这个打击！为什么要让娘来告诉我？让我被那种受骗上当的感觉逼得要发狂？"他猛然从床上坐起，激动得喘息不已，"你是真不明白还是假不明白？为了你，我把所有的男性自尊都踩在脚下，我真的不预备去计较你的过去了！小雨点属于你的过去，我那么真心地要包容一切，我有这个度量为什么不能包容小雨点呢？如果你老早对我推心置腹，对我坦白，我会成全你的，我会让你父母带走她的！"

雪珂震动地看着至刚，迫切地抓着他的手。

"那么现在呢？还有没有挽回的余地？"

至刚深吸了口气。

"现在，晚了！"

"那么，你要把小雨点怎样呢？"

"不怎样！"至刚冷冷地说，"小丫头该做些什么，她就做些什么！但是从此，她是娘的丫头，由娘来支配！冯妈来管理！你和她不许见面！"

她用双手捧住至刚的手，迫切地看进他眼睛深处去。

"为什么要这样累呢？你并不真正恨小雨点，你恨的是我！从今以后，我会对你好，我全心全意对你好。至于你如何对我，我都把它视为一种恩宠！至刚，我终于有些了解你了！昨天，你在那样的狂怒中，仍然放掉了我的父母！在你心里，始终有那么柔软的一片天地！是我太愚昧太忽略了，才一而再、再而三地伤害你……如果你现在还肯原谅我，还肯放掉小雨点，我对你的感激会深不可测！在这样深不可测的感激中，此生此世，你将是我唯一的主人！唯一的神祇！至刚，不要说晚了，假若我们都有诚意重新开始，那就永远不会晚，是不是？我们才浪费了八年，还有无数个八年在前面等着，你为什么一定要让小雨点待在这个家庭里，成为我们之间真正的绊脚石呢？那不是太笨了？"

至刚用奇异的眼光盯着雪珂。她说得那么热切、那么真挚，面颊因激动而染红了，眼睛因渴盼而闪着光彩。怎么，这个女人又绽放出这般的美丽！几乎是让人炫目的。

"你的字字句句都是为小雨点而说！"至刚抽了口气，"现在，在你身上放着光彩的，是你的母性，绝不是你对我的爱情，我对你了解得已经相当透彻了！可是——"他又深抽一口气，"你这番话仍然打动了我，真的打动了我！"

"相信我！"雪珂更迫切地说，"请你相信我，这次是真心真意的，只要你放了小雨点，我就全心全意地守着你，做你一生一世的贤妻！"

他凝视着她。

"我需要冷静地想一想,考虑考虑!"

她再握住他。

"在你考虑的时候,可不可以让小雨点好过些,她只是个小孩子,她什么都不知道!"

至刚咬咬牙,长叹一声。

"你放心,如果不是气极了,我们罗家何曾虐待过丫头?"他走下床来,"我去吩咐冯妈,让小雨点停止推磨,睡觉去!

雪珂眼中一热,终于,终于,终于,终于……在混乱的黑暗中,有了一线光明,只要救出小雨点,她什么都不在乎了。亚蒙,这个名字从心头划过,像一把锐利的小刀子,划得好痛。亚蒙将成过去的名词,永埋记忆的深处。对不起!在她的生命中,有太多的"对不起"。亚蒙,对不起!

就在雪珂已经说动了罗至刚的时刻,王爷和高寒却采取了行动。

这天午后,有个年轻的小伙子单枪匹马来访罗至刚。一进了门,他就表明态度,有事必须面告罗家少爷。老闵把他带过层层防卫的大院和长廊,进入了大厅。

罗至刚出来一见,不禁怔了怔,这小伙子好生眼熟,不知何时曾经见过，他正犹豫着，小伙子已笑嘻嘻地福了一福。

"罗少爷，我是寒玉楼的阿德！上次您驾临寒玉楼，就是我招呼您的！"

哦，寒玉楼！罗至刚恍然大悟，跟着恍然之后，却是一阵狐疑。寒玉楼，家里接二连三地出事，他几乎已经把寒玉楼给忘了。他瞪着阿德，阿德眼光扫着老闵。至刚对老闵一抬下巴："这儿没你的事了！下去吧！"

老闵走后，阿德从怀中慎重地掏出一封信来："咱们家少爷，要我把这封信，亲手交到您手里！"

至刚更加狐疑，接过了信。

阿德并不告辞，说："少爷说，请您立即过目，给一个回话！"

至刚拆开了信，只见上面简简单单地写着：

> 心病尚须心药医，冤家宜解不宜结，有客自远方来，九年恩怨说分明，欲知详情，今晚八时，请来寒玉楼一会！

至刚心中一惊，猛地抬头，紧盯着阿德："你们少爷还告诉了你什么？"

"我们少爷这两天家中有客，十分忙碌，他要我转告，事关机密，请不要劳师动众，以免打草惊蛇。信得过信不过都在你，他诚心邀你一会！"

至刚听得糊涂极了，但他所有的好奇心、怀疑心全被勾起，只感到心中热血澎湃，激动得不能自已。他把信纸一团团在手中，紧紧握牢："告诉他，晚上八时我准到！"

至刚并不糊涂，虽然对方说"不要劳师动众"，他仍然带着四个好手去赴会。到了寒玉楼，他才觉得四个好手有点多余，整个寒玉楼孤零零、静悄悄地耸立在清风街上，楼里透着灯光，看来十分幽静。

"你们四个在外面等着，我一拍手就冲进来！"

"是！"

埋伏好了伏兵，他才敲门入内。

阿德来应门。至刚一进门内，就不禁一怔。只见整个店都空了，那些架子上都光溜溜的，屏风、字画、古董、玉石一概不见。店里收拾得纤尘不染，空旷的房子正中放着一张桌子、两把椅子，桌上有一座小炉，上面烧着一壶开水，旁边放着两个茶杯，高寒正在那儿好整以暇地洗杯沏茶。

阿德退出了房间，房里只剩下高寒和至刚二人。

"请坐！"高寒把沏好的茶往桌上一放，指指椅子。

至刚四面看看，不见一个人影，心里怦然一跳，戒备之心顿起，疑惑也跟着而来，他凝视高寒简短地问："你葫芦里在卖什么药？赶快明说！我没时间多耗！你说'有客自远方来'，客呢？怎么不见？"

"你已经见到了！"高寒抬起头来，正视着至刚，"那个客人就是我！"

至刚震动地抬眼看高寒，两个男人都深刻地打量着对方。至刚再一次被高寒那股儒雅的气质、英俊的容貌和那对深不可测的眼神所震慑住，这个男人，这个名叫高寒的男人，到底用心何在？

"你是什么意思？"至刚勉强稳定住自己，沉声问。

"你已经知道我名叫高寒，我相信你也已经打听清楚了我的家世。"高寒静静地说，"但是，我还有另一个名字，九年前，我姓顾，名叫亚蒙。"

至刚完全呆住了。

"如果你对顾亚蒙这名字也不熟悉，"高寒继续说，"那么，你一定知道雪珂，知道小雨点！雪珂是我的妻子，小雨点是我的亲生女儿！我们一家三口，已经失散八年了！"

至刚怔在那儿，死死地盯着高寒，惊愕得失去了思想的能力。好半天才回过神来。看看门外，他来不及拍手叫人，就听到身后有个声音说："至刚，宴无好宴，会无好会！"

他一惊，回头，王爷和福晋正站在身后。

"你不用叫人了！"王爷从容不迫地说，"你手下的四个人，已经弃械投降了。你大概没有想到，我也可以从北京连夜调来人手！所以，现在，没有人会来干扰我们，是我们几个，该开诚布公、好好地谈一谈的时候了！"

雪珂

拾叁

THIRTEEN

她的小雨点，她终于认了她，终于叫她"娘"了！八年以来，她只有在
梦中听过这样的呼唤呀！

至刚带着四个人出去，彻夜未归。

罗老太一早就觉得眼皮跳、心跳、肉跳……不祥的预感把她紧紧包围了。这些天以来，家里动不动就大的哭、小的叫，鸡飞狗跳，又弄了好些军人住在侧院，又是枪又是刀，看起来就触目惊心。这样发展下去，家里一定会出大祸的，她不安极了。而嘉珊，已经六神无主了。

"娘，"嘉珊着急地说，"咱们要不要去吴将军那里找找看，会不会醉倒在人家家里了？"

"如果是喝醉了，迟早是会送回来的！"老太眼睛一瞪，"雪珂呢？"

"在……在……"嘉珊嗫嚅着。

"在干吗？"老太怒声问。

"在……给小雨点上药，那孩子……浑身又青又紫的，翡翠和雪珂姐在……在给她敷药酒！"

"我不是说不许她们见面吗？"老太一拍椅子，"谁让她们在一起的？"

"是……是……是我。"

"嘉珊！你！"老太瞪大了眼睛。

"娘！"嘉珊恳求似的看了老太一眼，"至刚昨天曾经特别交代，说是不要为难她们母女，如果她们要在一起，睁一只眼闭一只眼就好……他说，反正没有两天雪珂和小雨点就会永别了！"

"是吗？"老太深思起来，"这么说，至刚心里已经有了打算？他要……送走小雨点，留下雪珂？"

"是！"嘉珊应着，斗胆说，"娘！我看至刚是要定了雪珂姐的，我们如果放掉小雨点，雪珂姐会感恩，夫妻说不定就和睦了。也显得咱们家雍容大度，息事宁人！"

老太沉吟不语，嘉珊忙着给老太搓纸卷，燃水烟袋。正在此时，老闵忽然急匆匆地进来报告："老太太！老太太！"

"什么事跑得这么急？"

"王爷和福晋又来了！"

"唉！"老太一惊，"带了很多人吗？"

"那倒没有，只带了一个人！"

"谁？"

"没见过，一个个子高高的、穿长衫、相貌挺俊朗的人！他们说，有事要和老太太面谈！"

罗老太惊疑不止，一唬地站起身来。

"告诉侧院里的那些人，让他们准备准备！"

"是！"

罗老太昂首挺胸，非常威严地走进大厅。

一进大厅，罗老太的目光就被高寒吸引住了，好一个剑眉朗目、风度翩翩的人物！身材颀长，外表出众，一袭长衫带着种飘然脱俗的韵味。罗老太活了大半辈子，阅人已多，却不曾见过这般英俊的人。罗老太还没来得及说什么，高寒已拱手为礼，朗声说："罗老太太，我先自我介绍，我名叫高寒！"

"哼！"罗老太太哼了一声，掉头去看王爷和福晋，"你们一块儿来，想必有相同的目的，是什么？说吧！"

"好！"王爷接口，"你干脆，咱们也不啰唆，至刚和他的四名手下，现在正被我的二十名好手押着！我那二十人也个个有刀有枪！"

罗老太大大地震动了，她瞪着王爷，仅从王爷的神色上已知此事不假。她一阵心惊肉跳，只觉得天旋地转。扶着椅背，她勉强维持着自己。怪不得一早就觉得不祥，原来至刚出事了！

"老太太，请不要惊慌！"高寒往前走了一步，紧盯着罗老太，"只要您肯把我的女儿和妻子还给我，我们就会把您的少爷毫发无伤地送回来！"

女儿和妻子？罗老太踉跄一退，再度抬头，锐利地打量着高寒，颤声说："你、你、你是谁？"

"在下高寒，又名顾亚蒙！"高寒抬着头，沉稳而清楚地说，"九年前，在北京大佛寺和雪珂成亲，有天地为证、菩萨为鉴。小雨点是我的亲生女儿！如今母女二人都身陷贵府，你们高抬贵手，我们也会立刻放人！"

罗老太目瞪口呆，老闵在门口伸头看动静。

"再有！"王爷接口，扫了老闵一眼，"我们三个如果一个时辰内不赶回去，罗至刚就性命不保了！"

罗老太深抽了口气，走上前去，把高寒从上到下仔仔细细地看了一遍："原来是这样的！原来你就在承德，和雪珂纠缠不清！你们如此欺瞒至刚，如此掩耳盗铃！亏你还口口声声说是妻子女儿，我们不是这么说的！我们管你们这种人叫奸夫淫妇，叫小雨点是孽种……"

"小心你的措辞！"高寒逼近老太，也把老太从上到下看一遍，"你面对的这个人，九年前被迫与妻子母亲分离，九年来历经风霜雨露，忍受妻离子散的痛苦，多少次倒下，多少次爬起，多少次在走投无路中挣扎……这些年来，他赖以存活的意念只有一个，找回失散的亲人！如今，老母已在孤苦无依中死不瞑目地去了！女儿陷身于此，做着小丫头，为你们端茶送水。深爱的妻子，八年来生活在你儿子的枕边，被当成罗家的儿媳！你以为，我承受的还不够多？别在这样一个身心交瘁的人面前逞口舌之快！造化弄人，我和你的儿子，各有各的悲剧！事实上，不是我来抢罗至刚的妻子，是罗至刚抢走了我的妻子！"

他顿了顿："今天，我还肯跟你说这些道理，只因为尊敬您也饱经忧患，看过人世沧桑，又是一家之长！不要是非不分，颠倒因果！只要您一念之仁，放掉雪珂和小雨点，我们之间仍可化戾气为祥和！您不妨三思！"

罗老太怔住了。只觉得高寒挺立在面前，像山一般高，浑身上下自有一股正气，咄咄逼人。一时间，她竟被逼得无言以对。两人相峙，各自打量着对方。

就在这时，雪珂拉了小雨点从长廊中一路奔来，撞开了冯妈、老闵等人的拦阻，她直冲进大厅。

"亚蒙！"她上气不接下气地，喘着、咳着，颤抖着喊，"真的是你来了！"她转头看王爷和福晋，"爹！娘！"好像已经分别了几百几千年，此番再见，恍惚是几生几世以后，她的泪水夺眶而出。

"雪珂！小雨点！"福晋也喊着，"你们怎样？给我看看！至刚有没有伤了你们，给我看看！"

高寒一见到雪珂和小雨点，眼光就像被某种强大的磁力所吸引，再也转不开视线。雪珂顾不得福晋的呼唤，已急急忙忙地把小雨点推向前，一直推到高寒面前去，嘴里急促而紧张地喊着："小雨点！快见见——你爹！"

小雨点震动地站在那儿，纷乱而困惑。这接二连三发生的事情已经太多太多，简直不是她小小的心灵所能承受的。还没有从少奶奶变成"娘"的震惊中恢复，现在又出现了"爹"，她呆呆地站着，呆呆地看着高寒。

"小雨点！"雪珂迫切地喊，"你不认娘没有关系，但是，你一定要认爹呀！这是你爹，你亲生的爹，你从小没见过的爹！他真的是你的爹呀！"

小雨点抬头看着高寒，又慌乱又迷惑。爹？爹不是在新疆采矿吗？爹怎会在这儿呢？爹怎会和王爷、福晋在一起？爹怎么站在罗家的大厅里呢？……几百种疑问齐集心头，但这个高大漂亮的男人，看起来是如此亲切、如此熟悉呀！

"小雨点！"高寒痛喊了一声，蹲下身子，目不转睛地注视着这个从未谋面的女儿，那么清秀、那么玲珑细致、那么温婉美丽、那么楚楚动人呀！"小雨点！"高寒喉中哽着，"你奶奶有没有跟你说过，你爹小时候很顽皮，有一次去爬城墙，被一只大狗在胳膊上咬了一口，流了好多血，你奶奶吓得从王府奔回家，以为你爹被疯狗咬了，会害恐水症死掉……"他挽起袖子，给小雨点看胳膊上那陈旧的伤痕，"这就是那几个牙印儿！"

"爹呀！"小雨点脱口惊呼，一下子扑进了高寒的怀里，"爹呀，爹呀……"她一迭声喊着，泪如雨下。"我和奶奶去找你，一直走一直走，都找不到你！爹呀！现在奶奶已经死了，她见不到你了！她见不到你了……"小雨点积压已久的苦楚，突然泉涌而至，一发而不可收拾，她抱紧高寒，号啕痛哭。

雪珂的泪也疯狂般地夺眶而出，流了满脸。她拭着泪，却拭也拭不完。小雨点，她不肯认娘，却立刻认了爹！她心中又酸又痛：毕竟，她认了爹！以后，她有爹的照顾，她应该会幸福快乐了！雪珂转身，对着罗老太太跪了下去。

"请让小雨点跟她的爹回去，"她说，"我会履行我对至刚的承诺，我留下，从此，做罗家最忠实的儿媳，做至刚一生一世的贤妻！"

"雪珂！"高寒惊喊，迅速地站起身子来，"现在，你已经不必做这样的牺牲了！我们一家三口是团圆的时候了！你不要怕，那罗至刚现在在我们手里，我们要用他来交换你们母女两个！"他一抬眼看罗老太："罗老太太！你怎么说？"

福晋擦了擦眼睛，红着眼眶，对罗老太也跨前一步。

"你就成全了这个家庭吧！你看他们这种样子……恻隐之心人皆有之，不是吗？"

"我们带走雪珂和小雨点，"王爷接口，"马上就放至刚回家！这样各得其所，不是皆大欢喜吗？"

罗老太挺着背脊，面不改色。小雨点认父亲这一幕，确实也曾让她心中感动，但是，他们竟联合起来扣押至刚，再胁迫她放人，这太卑鄙了！一人换两人，这又太便宜王爷了。何况，如果她放了人，王爷却一不做二不休，斩草除根，以绝后患呢？老太太一转念间，已不寒而栗，她不信任王爷，也不信任高寒！

"老闵！"她回头大声说，"把雪珂和小雨点给我带回房去！"她抬头看看高寒和王爷，"你们可以换小雨点，但是，不能换走雪珂！雪珂是我们罗家三媒六聘、大肆铺张娶进门的媳妇，是你王爷亲自嫁给我们的女儿，现在，不能让别人随随便便认了去！这件事，就算我答应，至刚也不会答应！我现在放小雨点，已是情迫无奈，你们不要逼我！逼急了，双方都有人手，刀枪不长眼睛，谁都不见得能讨着便宜！你们要换人，说个时间地点，我们交小雨点，你们还我一个好好的至刚！如果至刚有一丁点差错，我会在雪珂身上讨还！"

"不行！"高寒激动地说，"雪珂和小雨点，我缺一而不可！

我保证还你一个健健康康的罗至刚，但我要换回她们两个！"

"不不不！"雪珂转向了高寒，急切地说，"求求你不要再争了，能够看到你们父女团聚，我已经感恩不已！老太太说得对，我是爹娘做主嫁过来的，于情于理，我都无法离开罗家！亚蒙，求求你！不要再争了！你把至刚还回来，早些把小雨点带到南边去吧！她已经过了八年颠沛流离的岁月，实在不能再受折磨，请你给她安定的生活、一个温暖的家，我会在承德为你们遥遥祝福！这，就是我此生最大最大的安慰了！"

"雪珂！"高寒震动地喊，"你变了！为什么你忽然自愿留下？难道你不珍惜一家团聚的日子吗？"

"你不懂！"雪珂哭着说，"至刚要我的心意是那么坚强，如果我真跟你走了，天长地远，我们永无宁日，罗家和爹娘难道真的武力相向，冤冤相报，何时能了？请你、请爹娘谅解……我要留在罗家，我不能跟你们走！"

"好了！"老太太大声说，"够了，不要再多费唇舌！你们说个时间地点，我们换人！现在，雪珂和小雨点进里面去！"

雪珂急忙爬起来，去牵小雨点的手，高寒本能地搂住小雨点一退。

王爷拉了拉高寒："算了，我们换回一个是一个！"他抬头定定地看着罗老太："明天早上九点，我们在清风街寒玉楼见面！"

　　雪珂再幽幽地、深挚地看了高寒一眼，这一眼中包含了千言万语。她握紧了小雨点的手，把她往屋后的回廊深处带去。小雨点还没有从认父的震动中恢复，一步一回头，一回头一声呼唤："爹！爹！爹……"

　　"小雨点，"雪珂哽咽地说，"不要急，从明天开始，你和爹就再也不会分开了！"

　　客厅里，高寒的眼光和高寒的心，都跟着雪珂母女一齐往回廊深处飞去。王爷及时拉了高寒一把，别有深意地说："话已说完，我们也该走了！亚蒙，洒脱一点！是你的总归是你的，不是你的，就命定不属于你！"

　　这天晚上，罗老太突发善心，让小雨点和雪珂共度最后一夜。当然，罗老太也经过了内心的挣扎，自从至刚一句"我爱她"开始，老太太第一次试着去透视至刚的内心世界，终于明白了一件事，失去雪珂比失去他的生命还严重，这使她在接二连三的意外事件中，一直能肯定一件事，要留下雪珂！虽然，用她的天平来称，十个雪珂、一百个雪珂都没有一个至刚重要。若能换回至刚，她才不在乎雪珂的去留。可是，她生怕至刚失去雪珂后，就像雪珂在大厅里说的，"天长地远，永无宁日"！至刚会用他整个后半生来追寻报复，于是"冤冤相报，何时能了"？如果说，老太太终于会对雪珂有了一念之仁，就是从这番话开始的。

当然，老太的另一个震撼，来自高寒。她一直认为雪珂和奶妈的儿子"通奸"，这顾亚蒙是个"下等人"，如今一见，不论风度、仪表、谈吐，都是这么不凡。而九年以来，情有独钟，天涯海角，追寻至今！这种事实，使老太那女性的内心，激荡不已。

因而，她答应了雪珂，这晚，让小雨点睡在雪珂房里，给母女两个一个诀别的机会。

"少奶奶，"小雨点躺在床上，实在是睡不着，心里翻腾汹涌，全是几日来的大震动，"我明天就跟爹去了，那么，你呢？"

雪珂心中一酸。她手里，正忙忙碌碌地在为小雨点缝制一件新衣。她深深地看了小雨点一眼，她叫爹已经叫得那么顺了，叫她却仍叫"少奶奶"。

"我……"她咽了口气，回答，"我还是继续做罗家的少奶奶！"

"可是……"小雨点一呆，"你不是说，你是我娘吗？"

雪珂心中又是一酸。

"奶奶不是告诉你，你娘早就死了，你就相信你娘已经死了吧！我不是你娘，我是少奶奶！"

"可是……"小雨点急了，"你原来一直说是的！翡翠姐姐也这么说，王爷、福晋也这么说……大家都这么说呀！怎么又不是了呢？"

雪珂眼泪一掉，拥住了小雨点，紧紧、紧紧地抱于怀，颤声说："不要管大家怎么说了！明天你就要离开，从此跟着你爹，我们再也不会见面，你明白吗？好好地跟着你爹过日子去，从此，忘掉我这个罗家少奶奶吧！"

小雨点哭了。

"我不要忘掉你！你是世界上对我最好的人，你帮我擦灯罩，帮我上药，给我好东西吃……你对我这么好这么好，我不要忘掉你！"又说又哭地，她就咳了起来。

雪珂也哭了，一边哭，一边拍着小雨点的背脊。

"睡吧！孩子！"她哽咽地说，"折腾了几天都没睡，该好好地睡一觉，醒来，就见着爹爹了！睡吧！"

她把小雨点放倒在床上，拉起棉被，好细心、好温柔地盖住她。小雨点抽噎着，但是，实在太累了，眼皮好重好重，终于，眼睛慢慢地闭上了。

雪珂坐在床边，含着泪，又开始缝手里的衣服。

翡翠悄悄地走了过来。

“格格，这下摆的边，让我来缝吧！”

“不！”雪珂咽着泪说，“她活到八岁，没穿过一件我亲手做的衣裳，到了罗家当小丫头，全是穿大丫头的旧衣服，说有多难看就有多难看！明天要和她的爹团聚了，起码要穿件像样的衣服去。这件衣裳，我要一针一线亲手为她做，等她长大了，懂得人间的悲欢离合，能了解我的苦衷，能原谅我不得不离开她的无奈时，她或者会拿着这件衣服，想一想我这个亲娘！”

雪珂的话才说完，小雨点已从床上一翻身而起。

“你还说你不是我的娘！”她流着泪喊，“我都听到了！我每个字都听到了！你明明就是我的娘嘛！”她抬着泪眼看雪珂，“我不肯叫你娘，是因为我很难过嘛！你若是我娘，为什么生下我却不要我？那一定是不爱我，我很难过嘛……”

“我知道，我知道，我知道……”雪珂泪如雨下，“是我对不起你呀！”

“可是，我现在知道了！”小雨点哭着喊，“你是这么这么地爱我，你根本就是我的娘呀！”她张开手臂把雪珂紧紧地抱住，一迭声地喊，“娘！娘！娘！娘……”

雪珂搂紧了小雨点，把她小小的头紧压在自己肩窝里，浑身颤抖，泪如泉涌。哦，她的小雨点，她终于认了她，终于叫她

"娘"了！八年以来，她只有在梦中听过这样的呼唤呀！

　　窗口，罗老太十分震撼地看着这一幕，更加震撼地发现自己的眼眶居然湿了。

拾肆

FOURTEEN

雪珂的眼睛慢慢闭上，心里在欢欣地唱着歌，她握住亚蒙和小雨点的手，

握得更紧更紧了。

　　这是至刚被囚的第二个晚上了。

　　王爷和高寒并没有虐待他们的俘虏，一日三餐，有酒有菜，床褥也非常干净柔软。偶尔，王爷会进来试图和他沟通，谈谈九年前捉拿雪珂、充军亚蒙、下胎不成、送儿出府、强迫成婚的事情……直到雪珂断指的种种经过。王爷并不是一口气说的，因为至刚那么暴怒、那么不肯面对"被囚"的侮辱和"被欺骗"的悲愤，所以，往往王爷才说了一个起头，就被至刚的一阵怒吼给吼回去了。王爷也不急，也不生气，只是随时进来讲那么一点点。但讲到第二天晚上，故事也讲完了，至刚的火气也被磨光了，当暴怒慢慢消去之后，至刚总算能咀嚼王爷说的故事了，他咀嚼出很多雪珂的悲哀，咀嚼出很多王爷的过错，但更多更多的，是属于自身的失落和悲痛！原来，"寒玉楼"的典故在此！原来，买鸡血石的幕后是如此这般！可怜的罗至刚，却一厢情愿地在为自己编织美梦！雪珂到底和高寒幽会了多少次？他一遍一遍回忆，很多事都恍然大悟，然后，就被嫉妒折磨得心力交瘁。在这种情况下，对高寒他恨之入骨，所有的思绪当中，绝对没有丝毫同情高寒的心绪。

这天晚上，高寒走进了至刚的囚室。

"对不起！"高寒在他对面的椅子上坐下，中间有张桌子，上面放了茶水，"这两天委屈了你。明天一早你就可以回家了！我答应了令堂会毫发无伤地让你回家！"

至刚震动地瞪视着高寒。

"你们提出了什么条件？"他吼着说，"我娘答应了什么条件？"

"我们希望……"高寒的声音不疾不徐，眼底，有种深沉的悲哀，"用你来交换雪珂和小雨点！"

"我娘答应了？"至刚跳了起来，声音陡地抬高了，"我娘答应了？是不是？我告诉你！"他指着高寒，"今天我是虎落平阳被犬欺！你不如杀了我！如果今天你留我一个活口，只要我一脱困，哪怕是天涯海角，我也要把你们找到！你们逃得了一时，逃不了永远，我和你们永不罢休……"

"请不要激动，"高寒指了指椅子，"坐下来，听我把话说完！"

"我不听！我为什么要坐在这儿听你说话？"

"因为我们的希望并没有达成！"高寒慢慢地说，"令堂只肯放小雨点，不肯放雪珂！而雪珂自己居然也坚决地表示，只要小雨点能跟我走，她将留在罗家实践对你的诺言！"

至刚整个人愣住了，他身不由己地坐下，呆呆地看着高寒。

"什么？雪珂这么说？"

"是！雪珂这么说！"高寒紧盯着至刚，"她说的话和你说的很相似。她说，你要她的心愿是那么强烈，如果她跟我们一起走，你会天涯海角地追着我们，让我们永无宁日！我想，雪珂对你是非常了解的，所以她自愿留下，成为你的俘虏、你的人质，来换取我和小雨点、王爷和福晋的平安。这两天，我们迫不得已囚禁了你，你已经暴跳如雷，雪珂却自愿被你囚禁终身！"

至刚转动着眼珠，心里思潮起伏。他恨恨地看着高寒，仰了仰下巴说："你希望我听了你这些话会怎样？放掉雪珂，让她跟着你双宿双飞？你这个莫名其妙的浑蛋！你破坏了我的婚姻，诱拐了我的妻子，侮辱了我的自尊，又把我骗到此处，用下三烂的手法拘禁我……你给了我这么多耻辱，难道你还希望我成全你？哈哈哈哈哈！"他纵声大笑起来，"雪珂不愿跟你走，让我告诉你真正的原因是什么？因为我和她毕竟做了八年夫妻！八年里，点点滴滴、时时刻刻，我们相处的时间，一天加起来比你们当初一年还要多！雪珂心中的你，不过是个海市蜃楼！而我，是真正存在的！是真正的丈夫！所以，当她终于有权在两个男人间选一个的时候，她选择了我，而不是你！"

　　高寒的脸色变得像纸一样苍白。他那深邃的眸子，一眨也不眨地盯着至刚。

　　"假若你确信如此，也果真是如此，那么，雪珂的选择就选对了！她等于选择了她终身的幸福，而你，也给得起她终身的幸福！那么，我也可以带着小雨点，死心地去了。但是，万一雪珂不是你所想的，而是我所想的，怎么办呢？"

　　至刚怔了怔。

　　"哼！"他哼了一声，扬起眉毛，"那也不劳你费心，雪珂是我的妻子，她的快乐是我的事，她的悲哀也是我的事！我根本用不着坐在这儿和你讨论雪珂未来的幸福！反正，她的未来都是我的事！"

　　"我想，"高寒忍耐地说，眼中的悲哀更深刻了，"我们用不着再来讨论雪珂是谁的妻子！现在，放在眼前的事实是，我们两个都要雪珂！"

　　"而雪珂，她要的是我！"至刚胜利地大声说。

　　"请你有时间的时候，从头细想。从你们的新婚之夜，从断指立誓，从小雨点出现……你一件件想过去！如果你真能说服自己，我也无话可说，如果你不能说服自己，如果你发现，雪珂跟着你确实是个悲剧，你能不能发一发慈悲，放了雪珂？"

　　"嗬！你说到主题了！"至刚怪叫着，"我不能！你根本不必做这种梦中之梦！我不会放掉雪珂的！她心中有我，我不放她！
她心中没我，我也不放她！你听到了没有？够了没有？反正我和
雪珂，今生今世休想分手！"

高寒站起身来，默默地看了至刚好一会儿。

"你一定要一个心碎的、绝望的妻子吗？看着雪珂受苦，就
是你的胜利吗？以后还有数十年的岁月，你忍心让雪珂痛楚一生
吗？每天面对一个空壳似的女人，这样，你会快乐吗？"

"这些鬼话，全是你的假设！"至刚暴跳着，"雪珂已经选择
了我，这就是我的胜利！随你怎么说，我不会为你们感动的！我
也绝不会放弃雪珂的！就算以后数十年的岁月，她将痛楚地过一
生，这一生也是属于我的！"

高寒深深地抽了口冷气，再看了至刚一眼，觉得再说任何话
都是多余，他默默地转身出去了。

至刚看着高寒的背影，突然感到这背影上载负着无尽的悲
苦。他震动地坐在那儿，第一次体会到高寒这个人物的处境，其
实比他更可怜可叹！

一清早，雪珂就给小雨点穿上了那件刚出炉的新衣。衣服是
用红色软缎缝制的，领口、袖口、裙摆上都镶着最精细的花边。
小雨点这一生，先跟着奶奶流浪，打零工赚生活费，推车、洗
衣、赶鸡赶鹅，什么苦日子都过过；接着来罗家做小丫头，更是

粗细活儿都得做。所以,从有记忆起,就穿着粗短衣、布裤子,从没和丝绸沾过边。这时,穿了件绣花的衣裳,系了条拖到鞋面的长裙,她简直兴奋得手足失措。对着镜子,她连大气都不敢出,生怕呼口大气,那件漂亮衣裳就不见了。

"来吧!"雪珂强忍着心中的酸楚,对小雨点说,"有了新衣服,也该梳个漂亮的头!"

她把小雨点的发辫放松,用梳子小小心心、仔仔细细地梳着。梳了两个发髻盘在头顶上,又找来一些发饰,为她插在发际,打扮完了,看了看,简直是个小格格呢!

翡翠在一边含泪说:"这才是真正的小小姐了!小雨点呀!以后,别忘了你娘是怎么疼你的!"

小雨点困惑地抬起头来,抱紧了雪珂。

"娘!今天我跟爹爹去,你也一起去,是不是?"

"不是的!我昨晚都跟你说清楚了,不是吗?你跟爹爹去!我还要留在罗家做少奶奶呀!"

小雨点纷乱极了,实在弄不清楚,为什么自己的娘不跟自己的爹在一起,偏偏要当罗家的少奶奶?但她也没时间再去弄清楚了,罗老太出现在房门口,极具威严地问了一句:"小雨点准备好了吗?我带她去寒玉楼!"

雪珂心中单位碾过一股热浪。

"老太太!"她哀求地喊着,"能不能允许我跟你们一起去?以后……就再也见不到小雨点了,好歹……让我送她一程……"她热烈地盯着老太,"行吗? 行吗?"

老太看了看雪珂,又看看小雨点,心中一叹。

"一起去吧!"

寒玉楼的门开了。

王爷、福晋和高寒站在门内。罗老太、雪珂、翡翠牵着小雨点走了进来。

"至刚呢?"罗老太冷冷地问。

"阿德已经去请了!"高寒说,眼光深深地、深深地看了雪珂一眼。

表面上,寒玉楼很安静,罗老太和王爷等两批人也很镇定。但是实际上,这个早晨大家都很忙碌,罗家侧院里的人全部出动,而寒玉楼中显然也是四面埋伏。所以,这间大厅里虽然空荡荡的、静悄悄的,空气里却有着"山雨欲来风满楼"的紧张情势。

大厅后面的门一响,阿德陪着至刚走出来了。

"至刚!"罗老太激动地一喊,"你怎样? 你好吗? 有没有伤着哪儿?"

"我很好！"至刚简短地答了三个字，眼光就落在雪珂身上了。他往前一跨步，震惊地问："你来干什么？"他又掉头去看罗老太，"娘！你答应用雪珂和小雨点来交换我吗？"

"没有！"罗老太叹息地应着，"你的心事我还不了解吗？雪珂只是送小雨点一程而已，她要跟我们一起回家！"她转头盯着雪珂："好了！我们把人都交清楚了，就该回去了！"

雪珂顿时心痛如绞。她蹲下身子紧抱了小雨点一下，就把她往高寒怀中推去。

"去吧！"她低语，"去找爹爹呀！"

"爹！"小雨点嚷着，扑进高寒怀里去了。

"好了！咱们走吧！"罗老太一拉至刚。

"走吧！"至刚一拉雪珂。

雪珂眼睁睁地看着小雨点，再看高寒，又看王爷和福晋，眼中已泪雾模糊："爹，娘！你们帮我向小雨点解释，她太小，她什么都不明白……"她又哽咽地转向高寒："亚蒙，要好好爱她，要好好照顾她，要给她一个温暖的家……"

小雨点越听越惊，突然间，她挣出了高寒的怀抱，飞扑回雪珂的怀里。

"娘！娘！"她急切地喊，泪水盈眶，"你既然是我的娘，为什么还要去做罗家少奶奶呢？娘！求求你不要丢下我！我从小没有娘，刚刚才知道你是我的娘，我不要跟你分开呀……"她又扑过去拉高寒，"爹！你叫娘不要走！你叫娘跟我们在一起……"说着，又奔向雪珂，气急败坏地，"娘！你真的是我的娘吗？你不是骗我的吗？小时候你不要我，为什么现在又不要我……"

雪珂眼睛一闭，落泪如雨。

至刚用力拉了雪珂一把，暴跳地叫："这又是你们出的新花招，是不是？雪珂，你赶快跟我们走，再逗留一分钟，我就不客气了！"

"至刚！"福晋往前站了一步，泪眼蒙眬地说，"人家母女天性，这一刻已经是肝肠寸断，你也是有儿子的人，体谅体谅吧！"

"至刚，"王爷接口，声音里已全是哀恳，"我当年诸多不是，铸成大错！我向你们罗家致上最高的歉意……你，成全了这一家人吧！"

至刚大惊失色。他环视四周，但见满屋老小一张张哀凄的脸、一对对含泪的眼，每人的眼光都投向自己。顿时，他感到四面楚歌，腹背受敌。他惊愕地抓住雪珂的肩，激动地说："雪珂，这是你的意思吗？你的誓言、你的诺言都是虚假！你存心要欺骗我伤害我！如果是这样，你就跟他们走！我不拦你，你心中没有丝毫的惭愧，对我没有丝毫的顾忌，你就跟他们走！"他对高寒和小雨点用力指去。

"雪珂,"高寒急促地开了口,"你不要怕他,你不要受他的威胁,这一刻,你是要我们,你还是要罗家,你说吧!你选择吧……"

"娘!娘!"小雨点哭着,拼命扯住雪珂的手臂,往高寒的方向拉去,"我爱你呀!我要你呀!求求你跟我们一起走……"

"雪珂!"王爷再也忍不住,大声地说,"只要你一句话,爹是豁出去了!"

"对!"福晋擦着眼泪,"不要再顾忌爹娘的安全了!爹娘反正已经老了!"

小雨点扑到至刚面前,对至刚跪下就磕头:"我给少爷磕头,求求你把我的娘还给我,为什么一定要我娘做少奶奶呢?二姨太也可以做少奶奶呀……"

"好啊!"罗老太勃然变色,"看样子,我们又中了圈套,你们以为只有你们有人手吗?"她掉头看门外:"老闵!老闵……"

"停止!停止!停止!"雪珂承受不住四面八方逼过来的压力,崩溃地抱住了头,"请你们不要为了我再大动干戈吧!也请不要逼我再做选择吧!我知道,我是一切痛苦的根源,我带给每一个爱我的人莫大的痛苦,包括我自己的女儿在内!那么,就让我把这个痛苦的根源一刀斩断吧!"说着,她忽然从怀里取出一把预藏的匕首，在众人的惊愕中，双手握住匕首的柄用力对自己当胸刺下。

"格格！不可以！"阿德从老远飞跃过来，穿过好几个人，落在雪珂面前，急忙去抢匕首。

"雪珂！"高寒惨叫，飞扑上前双手一托，正好托住雪珂倒下的身子。

高寒和阿德两人都没有来得及阻止那把匕首，雪珂用力之猛，匕首已整支没入雪珂胸前，血迅速涌出，衣衫尽湿。

"天啊！天啊！"高寒痛喊，"雪珂！你怎么会这样？老天啊！谁来救我！谁来帮我？"高寒伸手想去拔匕首，却不敢碰。

至刚极度震惊地呆住了，只觉得身子摇摇晃晃得站不稳。雪珂竟预藏匕首！这匕首是家传之物，锐利无比，也是当年雪珂断指的那一把！雪珂居然带了它来，那么，她早知今日不能善了，已怀必死之心？至刚瞪视着那血，不断地涌出来……他仿佛又看到当年断指的雪珂，满脸坚决，义无反顾……天啊！这是怎样的女子？

"娘！"小雨点哭得摔倒在地，福晋慌忙抱住小雨点，放声痛哭，不住口地喊："我的雪珂！我的雪珂呀！"

一时间，叫雪珂，叫娘，叫格格……各种呼唤声，此起彼落，房里乱成一团。

雪珂就在一团混乱中睁大了眼，看高寒，再看至刚，她拼命努力着，说："让所有的仇恨跟着我的生命，一起消失吧！"她转动着头，眼光找到了小雨点，她的唇边浮起一个好温柔、好美丽的微笑："小雨点，奶奶告诉你，你娘早就死了！你娘……苟且偷安了八年，现在要去找你奶奶……你再无牵挂，和你爹好好过日子吧。"雪珂说完，双眼一闭，头歪倒在高寒的手臂里。

"娘！娘！娘……"小雨点惨烈地哀号，倒在福晋怀里，"不要啊！不要不要不要啊……"她哭得晕死过去。

罗老太不可置信地看着这一幕，此时蓦然醒觉，对门外大声喊着："老闵！老闵！快请医生！"

至刚猛地直跳起来，往门外冲去。

"我去找吴将军，他身边的孟大夫能起死回生呀！"他转头对高寒大喊，"抱稳她！让她挺住！让她挺住……不许让她死……"他狂奔而去。

王爷眼中布满泪水，痛不欲生地跌坐椅中。

"孩子啊！"他喃喃地说，"我杀了你了！是我……杀了你呀！"

翡翠扑通跪落在地。

"格格啊！如果你死了，我再也不相信人间有天理、有鬼神、有爱……"

　　雪珂沉睡在一团浓雾里，飘飘荡荡晃晃悠悠，正飘然远去。她的身子很轻，轻得像一片羽毛，轻得没有丝毫重量，就这样朦朦胧胧地、没有意识地，飘远，飘远，飘远……不知道要飘往何处，也不知道要飘多久。

　　似乎飘荡了几千几万年，雪珂忽然感到身子一沉，像是从高空笔直坠落，乍然间，全身都碎裂成无数碎片，而每个碎片都带来尖锐的痛楚，使她脱口惊呼了："啊……"

　　她以为她喊得好大声，事实上，她的声音细弱如丝。随着这声喊，她的意识有些清晰了，她努力吸了口气，怎么连呼吸都那么难？她努力要睁开眼睛，怎么眼睛像铅一样沉重呢？她蹙了蹙眉，努力地、努力地睁开眼。

　　"她醒了！"一个兴奋的声音低语着。

　　"她醒了！"另一个声音说。

　　"她醒了！"

　　"她醒了！"

　　怎么？全世界的人都在自己身边吗？为什么呢？她终于睁开眼睛了，第一眼看到的是小雨点。那孩子眼睛红红肿肿，双手张着，想抱雪珂，却不敢碰雪珂，嘴里稀奇古怪地说着："娘，你醒了！你不要再睡过去，娘，我好怕！我好怕！我怕你像奶奶一样，睡着就不醒过来……娘，你不要去找奶奶，你有我呀！你有爹呀！你有外公外婆呀……我们大家都爱你呀，求求你不要死！求求你不要死……"

哦！小雨点！哦哦！小雨点！哦哦哦！小雨点！她心爱的、心疼的、舍不得片刻分离的小雨点……她可怜的小雨点呀！雪珂想着，就想伸手去拭那孩子的泪，可是，她的手竟那么无力，她根本抬不起手来……哦！她恍然明白了。她正躺在寒玉楼楼上的房间里，她正在慢慢地"死去"。

第二个映入眼睛的是高寒，不，不是高寒，是她在大佛寺诚心诚意地拜过天地的丈夫——亚蒙。亚蒙看来是那么憔悴和悲苦！这个男人，她害了他！害他远赴新疆做苦工，害他颠沛流离，害他妻离子散，害他失去老母，害他为情所苦……她转开视线，触目惊心，她居然看到了至刚！他也在！是的，这个男人，她也害了他！给了他那样不幸的婚姻，带给他那么多的侮辱，使一个无忧无虑的少年骤然坠入痛苦的深井！她害了他！她再看过去，爹、娘似乎骤然老了一百岁，哀凄而无助。再过去，罗老太在掉着眼泪，她哭了！雪珂震动之至，老太太，对不起！把你那平静安详的家园，搅得这样一塌糊涂……但是一切都将结束了！很快很快，一切都将结束！她再看过去，翡翠和阿德默然肃立，双双拭着眼泪……翡翠，阿德！她心中扫过一丝祈盼：翡翠，阿德。

　　随着雪珂的注视，满屋子的人都开始振奋了。高寒扑在床边，握紧了雪珂的手，激动地喊："雪珂！如果你听得见我，请抓紧你的意识，不要让它飞掉，不要让它消失！我们已经为你请了最好的医生，医生说……医生说……"

　　"医生说……你活不了！"至刚忽然插进嘴来，满眼布满了血丝，脸色苍白如纸，他也扑在床边，他的头和高寒的头并排在一起。这大概是这两个男人有生以来第一次，为相同的目标而努力。"雪珂，我告诉你，"至刚强而有力地说着，"孟大夫是治刀伤枪伤的名医，他已经取出了你胸前的匕首，也缝合了你的伤口。但是他说，你的生命正在一点一滴地流失，他尽了力。所以，现在我们无所依靠，只有依靠老天帮忙，还有就是你自己！你要求生，不要求死！活着，还有一大片天空，死了就什么都没有了。活着，才能和你朝思暮想的人团聚呀！"

　　这是至刚说的话吗？雪珂牵动嘴角，真想给他一个鼓励的微笑。至刚，你放我了？你终于愿意放我了？她张开嘴，努力又努力……

　　"安静！"高寒喊，"她要说话！她要说话！"

　　"谢谢你，至刚。"雪珂终于吐出了声音，"在我生命的最后一刻，你成全了我。"她微笑起来，慢慢地说了八个字；这八个字也是她这些日子来，柔肠百折、千回万转的思绪——"前夫有情，后夫有义！"

至刚震动地跳了跳，泪水夺眶而出。

"雪珂，"他痛定思痛，悲不自已，"你还肯对我用一个'夫'字，一个'义'字！我不配啊！把你害到这种地步才肯放手，我不配啊！老天！"他用手痛苦地抱住头，"为什么人必须把自己逼到死角，才清醒过来呢！"他再抬眼看雪珂，看高寒，"雪珂，你从来没有属于过我，在你内心深处，始终只有一个丈夫！我醒悟得太晚了！"

"不晚！不晚！"罗老太不停地拭着泪，"雪珂，你要为我们大家的后悔和大家的期盼而活着呀！"

"对啊！"王爷说，他终于和罗老太站在同一立场了，"孩子啊！你要努力活下去！否则，我的错误就再也没有挽回的余地了！"

"雪珂啊！"福晋紧搂着小雨点，"你听到我们所有的人这么强力的呼唤了吗？要活着，要活着呀……"

雪珂太感动了，是啊，要活着。她不想死了！要活着和小雨点团聚，要活着和亚蒙团聚，要活着和爹娘享受天伦之乐……过去生命里失去的，要在未来的日子里弥补！是的，要活着，要活着，要活着，要活着……她周边的声音，全汇为一股大浪：要活着！汹涌澎湃的声音：要活着！天摇地动地呐喊：
要活着！

　　但是，生命力似乎正在抽离她的身体，她又觉得自己在往浓
雾中隐去，整个身体都轻飘飘了。

　　"亚蒙！"她低唤。

　　"我在这儿，我在这儿！"

　　"拉住我的手！"

　　高寒紧握住了她的左手。

　　"小雨点！"她再喊。

　　"娘！娘！娘！"小雨点痛喊着。

　　"你……也拉住我……"

　　小雨点慌忙地握住了她的右手。

　　我的家人！雪珂心中呼唤着，努力维持住尚未飘散的意识。
亚蒙和小雨点，他们终于紧紧握住她了！为了这份爱，她曾几度
三番不惜牺牲生命来交换！而今，她终于完完全全地拥有了！在
这一刹那间，她感到自己的整颗心都被一种前所未有的幸福感所
充实了！生或死都不再重要；她活过，她有过，她爱过……最重
要的是，她是这样深深地"被爱"着！人生一世，追寻的不就是
这个吗？能这样强烈地感觉着"爱"与"被爱"，这世界实在太
美好了！

雪珂的眼睛慢慢闭上，心里在欢欣地唱着歌，她握住亚蒙和小雨点的手，握得更紧更紧了。

——全书完——

一九九〇年十月十五日完稿于台北可园

一九九〇年十一月五日修正于台北可园

图书在版编目（CIP）数据

雪珂 / 琼瑶著 . —长沙：湖南文艺出版社，2018.6
ISBN 978-7-5404-8653-2

Ⅰ . ①雪… Ⅱ . ①琼… Ⅲ . ①言情小说—中国—当代 Ⅳ . ① I247.5

中国版本图书馆 CIP 数据核字（2018）第 068562 号

上架建议：畅销·小说

XUE KE
雪珂

作　　者：琼　瑶
出 版 人：曾赛丰
责任编辑：薛　健　刘诗哲
监　　制：毛闽峰　李　娜
特约监制：何琇琼
版权支持：戴　玲
特约策划：李　颖　张园园　赵中媛　张　璐　杨　祎
特约编辑：孙　鹤
营销编辑：杨　帆　周怡文
装帧设计：利　锐
封面插画：季智清
出版发行：湖南文艺出版社
　　　　　（长沙市雨花区东二环一段 508 号　邮编：410014）
网　　址：www.hnwy.net
印　　刷：北京鹏润伟业印刷有限公司
经　　销：新华书店
开　　本：860mm × 1200mm　1/32
字　　数：145 千字
印　　张：7.5
版　　次：2018 年 6 月第 1 版
印　　次：2018 年 6 月第 1 次印刷
书　　号：ISBN 978-7-5404-8653-2
定　　价：42.00 元

若有质量问题，请致电质量监督电话：010-59096394
团购电话：010-59320018